Damiano Martorelli

Lo Stagno Incantato

Prima Edizione:
Agosto 2015

ISBN | 978-88-93061-29-2

Revisione bozza e testo:
Lucia Martorelli, Edda Cecco

Impaginazione e layout:
DM Services & Consulting®
http://www.dm-services.eu

*A tutti i giovani e meno giovani,
perché non si lascino ammaliare ed intrappolare in uno
Stagno Incantato*

Damiano Martorelli

I PROLOGO

Quella che qui si vuol raccontare, o Lettore, è una favola vera: una favola, perché in essa tutto è possibile, nulla è determinato e scontato. La favola racchiude la saggezza che, da un tempo lontano e remoto, ha attraversato secoli di Storia per arrivare ai giorni nostri; una saggezza, dunque, che è ancora tra noi, anche se l'Uomo Moderno, travolto dalle troppe informazioni dei media e della Rete, ne è ormai troppo spesso dimentico.

Ed è vera, perché tali sono le molte storie e vicende umane che in essa si celano e ne sono la fonte di ispirazione.

Quella che mi accingo a narrare è la storia di uno stagno incantato, in un Regno ricco e prospero, come molti in ogni luogo e in ogni tempo… ma venite, venite più vicini: mettetevi comodi e ascoltate che cosa accadde in questo splendido Regno…

II   La piccola erede

C'era una volta un Regno ricco e prospero, racchiuso tra le montagne del Nord e in pace con i Regni vicini; tutti qui vivevano in concordia e armonia, i poveri non erano molti, e vi era una grande attenzione alle loro esigenze, il che rendeva meno dura l'esistenza e tutti traevano beneficio dal lavoro dei campi, dall'allevamento degli animali, dal commercio del pregiato legname del Regno e dei frutti della terra.

La capitale del regno era Gomeviano, una piccola città che dalla valle, percorsa dal Fiume, col suo corso d'acqua lento e sinuoso, si era sviluppata sul pendio della montagna. Questo perché in primavera con il disgelo e in autunno con le piogge intense che arrivavano dall'Oceano, il Fiume, che pure era navigabile, usciva spesso dal suo letto, allagando la valle; per questo motivo, nel fondovalle, c'erano solo boschi o coltivazioni a frutteto e, qua e là, qualche stagno e palude.

A mezza costa della montagna, proprio dove finiva la cittadina di Gomeviano, sorgeva il Castello con il Palazzo Reale: bello, maestoso, ricco di torri dai tetti verdi a causa delle tegole di rame che li ricoprivano; tetti che contrastavano con il colore delle tegole di terracotta degli edifici normali.

Bandiere gialle e blu adornavano le guglie, mentre il ponte levatoio era sempre abbassato, grazie alla pacifica esistenza del Regno; solo la notte, per evitare che predatori notturni entrassero a disturbare la quiete del Palazzo, era alzato a mezza via.

Il Regno era governato da Regina, sovrana saggia e instancabile, nonostante le molte primavere che inargentavano i suoi lunghi e splendidi capelli. Nonostante l'età, era regale, maestosa e dignitosa, mai lasciava trasparire alcuna sofferenza, nonostante gli affanni del governo.

Regina aveva una nipote, di nome Principessa: era la sua delizia e fin dalla tenera età mostrava di averne ereditato la bellezza e il portamento.

Principessa non era però una bambina come le altre. Non solo era destinata a succedere al trono, quando Regina sarebbe venuta a mancare, ma tutte le speranze del Regno erano riposte in lei: secondo un'antica legge risalente, infatti, alla mitica Fondatrice del Regno, solo le primogenite potevano regnare e solo in caso di una loro rinuncia il trono poteva passare alle sorelle o alle cugine in linea di successione materna.

Principessa aveva molte zie e cugine, ma era lei la destinataria del trono del regno a causa di un altro evento che faceva di Principessa una bambina particolare: la piccola era orfana di entrambi i genitori, che non aveva mai conosciuto. La madre, primogenita e quindi erede al trono, era morta di malattia quando Principessa era molto piccola, e dunque non conservava di lei che vaghi ricordi; il padre, invece, era scomparso molti anni addietro, mentre era in un regno confinante, e la notizia era sopraggiunta poche ore prima della sua nascita, a rattristare un così lieto evento.

Principessa, dunque, era anche figlia unica.

La nonna, che governava su di un regno vasto, racchiuso fra le montagne e ricco di bellezze naturali, era così entusiasta della nipote che cercava di non farle mai mancare niente, sia a livello di beni terreni, sia a livello di educazione.

Ma, si sa, l'affetto di una nonna o delle zie non è mai quello di una madre o di un padre e Principessa, per quanto lo nascondesse bene nel suo cuore, nel suo animo sentiva un vuoto e la sua diversità rispetto agli altri bambini.

Con i cugini e le cugine non aveva mai legato molto, vuoi per la differenza di età, vuoi per l'invidia che gli stessi provavano, perché lei era la diletta della nonna, la predestinata al regno.

Fin dall'età di sei anni, era diventato suo compagno di giochi Mughetto, un gatto orfano come lei e, forse per questo, lo sentiva più vicino al suo cuore.

Durante una delle (poche) gite nel regno, Principessa con Regina lo avevano trovato abbandonato e infreddolito sotto un odoroso pino mugo, e da lì trassero ispirazione per il nome.

Principessa si era subito affezionata al cucciolo: chiese alla nonna di poterlo tenere con sé a Palazzo, lo allevò con amore, nutrendolo personalmente, e non se ne volle più separare e Mughetto ricambiava in tutto l'affetto della sua padroncina.

Crescendo, era diventato uno splendido gatto nero, bianco sul petto, sulla punta delle zampe (tanto da sembrar un gatto con le scarpette) e sulla parte bassa del muso, ma con una curiosa macchia nera sul labbro inferiore. Passava ore e ore a fianco della padroncina, senza mai stancarsi, tanto che, quando lei andava a scuola, Mughetto si accoccolava su di una finestra che dava sul piazzale del Castello in attesa di vederla tornare, paziente e silenzioso. La sera, poi, quando Principessa si ritirava nella sua stanza per dormire, si accoccolava silenzioso, immobile e con un occhio semiaperto là, in fondo al letto, come a vegliare sul sonno dell'amata padroncina.

Ma governare un regno è un impegno molto gravoso, ed anche l'età avanzata di Regina non aiutava la nonna a prendersi cura della nipote come avrebbe voluto; così un giorno, per timore di non essere più all'altezza del compito, decise di affidarne l'educazione a insegnanti tra i più capaci nel regno: quando Principessa compì dieci anni, la iscrisse a una delle migliori scuole intermedie del regno, intitolata a un grande scrittore, e nota per il suo rigore scientifico nell'insegnamento.

Principessa, che non voleva contraddire la nonna, di cui aveva piena fiducia, non si fece pregare, ma anzi ripagò subito la grande fiducia riposta in lei distinguendosi dai compagni di classe, meritando i voti migliori e conquistando numerosi premi in varie discipline con la sua indubitabile bravura.

Ma Regina, che idealizzava Principessa, per quanto fosse compiaciuta da tutti questi risultati, non era ancora soddisfatta: desiderava per la nipote diletta qualcosa di ancora superiore, per fare di Principessa la sua degna erede, una sovrana degna di questo titolo e del Regno, che tanto a lungo lei aveva governato e fatto prosperare.

III IL GRAN CONSIGLIO

Principessa crebbe in fretta, molto più velocemente di quanto nonna Regina si fosse resa conto, e compì presto tredici anni: come ogni anno, a Palazzo, con l'inizio dell'estate si diede il via ai preparativi per il Compleanno dell'erede al trono e le campane del regno, allo scoccar del mezzogiorno, risuonarono a festa per ogni dove.

La sovrana non badò a spese perché la sua diletta nipote doveva essere festeggiata come si conveniva, ma allo stesso tempo la pervadeva un cruccio perché, troppo presa dagli affari di governo, si era ritrovata in men che non si dica un'adolescente a Palazzo. E Principessa era un'adolescente su cui pendeva il futuro del regno: futuro di cui la stessa non era ancora consapevole, giacché la nonna Regina fino a quel momento non l'aveva mai resa partecipe del suo destino.

Non che Principessa non sapesse di essere l'erede al trono: qualche cuginetta invidiosa, nelle solite baruffe fra bambini, già glielo aveva rinfacciato, ma di essere la prediletta e la predestinata, in verità, non se ne era mai curata: era una cosa che fino allora aveva preso con fanciullesca leggerezza, come una cosa lontana nel tempo. Anche le baruffe le dimenticava rapidamente, tanto buono e generoso era il suo animo.

Il suo mondo, a parte la scuola e gli studi, era sì il Palazzo, ma soprattutto il vicino Giardino dove, in compagnia di Mughetto, suo inseparabile compagno di giochi, si divertiva tra i cespugli di rose e fiori ben curati; e la Biblioteca di Palazzo, dove la seguiva silenzioso, nelle sue esplorazioni fra gli scaffali pieni dei libri più preziosi.

Per ragioni di prudenza non le era consentito allontanarsi da Palazzo: il Regno era sicuro e in pace con tutti, ma poteva sempre esserci qualche malintenzionato che passava di lì, e l'occasione purtroppo fa l'uomo ladro.

Terminata la festa, Regina meditò a lungo sul futuro della nipote finché, a estate inoltrata, chiamò a raccolta il Gran Consiglio del Regno: ordinò che tutte le campane del Consiglio, in ogni angolo del Regno, chiamassero a raccolta i ministri e i dignitari di Corte, e organizzò un gran consulto.

Ministri e dignitari confluirono da tutto il regno a Gomeviano e, quando tutti furono presenti nella capitale, a Palazzo ebbe inizio il Gran Consiglio nella Sala degli Arazzi dove, secondo le antiche leggi del Regno, erano stati predisposti gli scranni secondo un rigido ordine di merito e lignaggio.

Dal lato d'onore della Sala, ove era il trono, si levò Regina, che espose a tutti il suo dilemma:

"Miei cari sudditi e amici, siete stati qui convocati per una questione di grave importanza.

Come certamente saprete, il primo dovere di una regina è garantire al Regno la continuità, la prosperità e la pace: a tale scopo, in questi lunghi anni mi sono impegnata, così come i miei predecessori e i miei avi, sin dai tempi della nostra

Fondatrice. Ebbene, come sapete, ho una nipote a me molto cara: su di essa risiedono la speranza e il futuro del Regno.

Da molto tempo ho cercato di garantirle l'educazione migliore ma ora che è divenuta adolescente, sento che potrebbe non essere abbastanza. Chiedo quindi a Voi consiglio su come migliorare e completare nel modo più adatto l'educazione di mia nipote, Vostra futura sovrana."

Quand'ebbe finito di parlare, si sedette sul trono, quasi spossata dallo sforzo.

Il Gran Ciambellano, un uomo sulla cinquantina con la barba folta e bianca, che aveva visto nascere e crescere Principessa, e che era il Primo Ministro del Regno, prese la parola:

"Miei cari amici, a turno ognuno di voi esponga il proprio pensiero senza tema, così che la nostra amata Regina possa comprendere se la proposta sia valida o meno. Una volta che ognuno di Voi avrà esposto il proprio consiglio, inizieremo a discutere e a selezionare le proposte migliori che poi saranno messe ai voti."

A un segno del Gran Ciambellano, ogni ministro e dignitario prese a turno la parola, e ognuno espose il suo pensiero: chi si proponeva di iscriverla a qualche scuola superiore di questa o un'altra città, ritenute superiori per merito e disciplina, chi di integrare la scuola superiore locale con degli istruttori privati fatti venire da altri regni vicini; altri ancora di assegnare completamente a degli istruttori privati la formazione di Principessa.

La discussione proseguì per alcuni giorni, ma nessuna soluzione sembrava essere convincente, o la migliore, finché, a furia di scartare questa o quella, in un Gran Consiglio quasi privo d'idee brillanti, uno degli zii paterni di Principessa si ricordò, per caso, di aver udito narrare di uno Stagno Incantato nel Regno, e ne parlò in Consiglio: raccontò di aver sentito dire che era uno stagno poco distante dalla capitale, in mezzo ai boschi, e di come vi dimorassero dei saggi ranocchi, i "Custodi", che insegnavano a poco prezzo un sapere particolare: un sapere che derivava dalla sapienza di una terra lontana. Era uno stagno particolare, poiché anche gli Uomini potevano respirare e vivere sott'acqua, cosa impossibile in ogni altro stagno.

Principessa, così, avrebbe potuto continuare a frequentare la scuola locale e, periodicamente, si sarebbe recata allo stagno ad acquisire il sapere che questi "Custodi" dispensavano, facendo così di lei una futura regina speciale, dotata di un sapere non comune.

La sovrana, a questa novità, voleva avere maggiori informazioni, essere sicura, avere garanzie, ma più di tanto lo Zio di Principessa non sapeva, e si doveva dunque parlare direttamente con i Custodi dello Stagno. Regina ci pensò un po' su, nel silenzio generale; poi, a poco a poco, provò entusiasmo all'idea di dare a sua nipote un'educazione speciale e contagiò a tal punto il Gran Consiglio, ben lontano dal voler contraddire la sovrana, e stanco dalle lunghe e infruttuose discussioni, che la soluzione fu approvata all'unanimità come la più originale e migliore possibile.

Così la sovrana ordinò al Gran Ciambellano di mettersi al più presto in contatto con i Custodi dello Stagno per poter concludere al più presto un vantaggioso accordo.

Erano tutti così entusiasti della soluzione, che nessuno si curò di chiedere cosa ne pensasse Principessa.

IV I CUSTODI DELLO STAGNO

Il Gran Ciambellano si diede subito un gran d'affare per organizzare l'incontro con i Custodi dello Stagno Incantato, come Regina aveva ordinato: andò personalmente a fare un sopralluogo con il proprio Ambasciatore e una piccola scorta di gendarmi, tutti in alta uniforme, come a un incontro fra gentiluomini.

Lo Stagno era davvero grande, e chiamarlo stagno era quasi riduttivo: in altri posti lo avrebbero tranquillamente chiamato laghetto, era circondato da ogni lato dal bosco, e solo un piccolo sentiero quasi impercettibile nella boscaglia vi ci conduceva, staccandosi dalla strada principale, in una valle laterale a quella del Fiume del Regno.

Intorno allo Stagno cresceva una flora variegata, tipica dell'ambiente umido, e a un primo sguardo, lo Stagno non era diverso da altri posti simili. Tuttavia, se fosse per i colori variegati del posto, le molte farfalle che passavano di fiore in fiore, o la sottile nebbiolina che sembrava aleggiare sullo Stagno, c'era davvero qualcosa d'incantato, di magico.

Tuttavia, il Gran Ciambellano si sentiva a disagio e un brivido gli percorse la schiena: pensò che fosse dovuto al fatto che alla sua età, lui che non amava tanto l'umidità, certi ambienti, per quanto naturali, non fossero certo l'ideale; ma anche i suoi compagni di viaggio provavano una sensazione strana, ma non dissero nulla.

Il Gran Ciambellano fece un cenno del capo all'Ambasciatore, e questi si mise a chiamare a gran voce i Custodi: l'eco della sua voce si era appena spento quando un rumore di spruzzi d'acqua annunciò, con sollievo di tutti, l'arrivo di uno dei Custodi.

Tutti lo videro avvicinarsi a grandi balzi: era un ranocchio completamente verde, senza macchie o altri segni distintivi a parte il fatto che era un ranocchio bello grosso, almeno il triplo di quelli comuni. Questi, fermatosi al limitare dell'acqua, salutò i presenti:

"Salute a Voi, Uomini. In cosa l'umile Grande-Occhio, Custode dello Stagno, può rendere servigio a tanta nobile stirpe?"

Il saluto del Custode lasciò un attimo sorpresi gli astanti: la voce, benché tremolante come quella di un anziano, era perfettamente umana. E, per quanto il Gran Ciambellano cercasse di non farvi caso, gli parve di percepire nella voce del Custode un sottile ed irritante velo d'ironia sulla "nobile stirpe"; ma forse, pensò, l'ironia era dovuta al loro abbigliamento in alta uniforme, probabilmente poco consona all'occasione ed al luogo.

L'Ambasciatore prese la parola e, fatte le dovute presentazioni e spiegato che erano inviati del Regno, espose il desiderio della sovrana di affidare alle cure dei Custodi dello Stagno l'educazione di Principessa, ormai adolescente. Precisò, inoltre, che Regina desiderava incontrarli personalmente, per definire al meglio i termini dell'educazione della nipote.

Grande-Occhio ascoltò con grande attenzione l'Ambasciatore, poi convenne:

"Da parte nostra, non abbiamo alcuna difficoltà a educare la piccola Principessa e siamo pronti a fornire alla Vostra sovrana tutte le garanzie e tutte le delucidazioni che Ella richiederà: non è il primo cucciolo degli Uomini di cui ci prendiamo cura, e finora tutti sono rimasti soddisfatti."

Dopo qualche contrattazione, si accordarono che l'incontro avvenisse dopo qualche settimana, per dare il tempo di predisporre lo Stagno all'arrivo della nuova ospite. Dopodiché il Custode tornò nello Stagno, e l'Ambasciatore con il Gran Ciambellano e il loro seguito tornarono a Palazzo, soddisfatti dei risultati e sollevati di lasciare quel luogo misterioso.

I giorni passarono in fretta e venne il giorno stabilito dell'incontro tra Regina e i Custodi dello Stagno. Questa volta erano presenti tutti e tre i Custodi: il già conosciuto Grande-Occhio, poi Grande-Passo e infine il più anziano, Grande-Mente, tutti e tre quasi indistinguibili l'uno dall'altro.

Regina si guardò attorno, constatando quanto già il Gran Ciambellano le aveva riferito e, esaurite le presentazioni, esordì con fare solenne e deciso:

"Signori Custodi, è mio vivo desiderio di affidare alle Vostre cure l'educazione della mia diletta nipote Principessa. Come forse il mio Ambasciatore vi ha già spiegato, ella è destinata un giorno a regnare alla mia morte e vorrei che, quando verrà il momento, ella sia pronta per affrontare il gravoso compito che la attende con la migliore educazione possibile."

Grande-Mente prese a sua volta la parola:

"Accettiamo di buon grado di prenderci cura della piccola Principessa, e abbiamo già predisposto quanto necessario per accoglierla."

Prese un attimo fiato, poi riprese: "Non vediamo alcun problema a completare la sua formazione con la nostra sapienza: già altri bambini sono stati affidati, in passato, alle nostre cure e tutti sono rimasti contenti dei nostri insegnamenti."

La sovrana chiese, dunque, cosa dovesse disporre per alloggiare la nipote ma Grande-Mente la tranquillizzò con voce bonaria:

"Non è necessario da parte Vostra alcun ulteriore impegno: Principessa si calerà come tutti nello Stagno, e alloggerà in un apposito luogo al bordo di esso, già usato in passato da altri bambini."

La notizia che Principessa dovesse calarsi nello Stagno inquietò un attimo la sovrana, che non aveva minimamente previsto una tale eventualità. Ma Grande-Occhio, prevenendo la sua domanda, o forse leggendola sul volto, le disse:

"Vostra Altezza stenda la mano nell'acqua dello Stagno, con la manica del suo abito, e poi la tragga fuori senza paura."

Regina seppur dubbiosa obbedì, infilò la mano nello Stagno bagnando la manica della sua veste preziosa: poi la ritrasse e, come per magia, la veste si asciugò immediatamente. Rimase stupefatta e dentro di sé si chiese come avrebbe fatto a vivere sua nipote dentro l'acqua, ma Grande-Occhio riprese a parlare:

"Questo è il segreto dello Stagno Incantato: chi viene da noi per completare la formazione, solo qui può immergersi nell'acqua e respirarvici dentro come se fosse all'aria aperta. E quando riemerge, si asciuga in un attimo, come se mai vi si fosse calato."

E Grande-Passo concluse per il collega: "In nessun altro posto questo è possibile per voi Uomini. Può quindi andare tranquilla: nulla di male accadrà alla sua amata nipote."

La sovrana, di fronte a tutto questo, si sentì rassicurata e, presi gli accordi sul prezzo dei loro servigi, sulla data d'inizio dell'addestramento e i tempi dello stesso da conciliare con la scuola in città, si congedò dai Custodi e tornò a Palazzo per predisporre tutti i preparativi necessari.

Data la distanza dello Stagno, si concordò con la scuola degli adeguati periodi di congedo, durante i quali Principessa sarebbe rimasta anche a dormire allo Stagno Incantato: una piccola scorta l'avrebbe accompagnata e sarebbe andata a riprenderla al momento opportuno. Presi tutti gli accordi necessari, il Gran Ciambellano informò Principessa delle decisioni della nonna, mentre stava giocando con Mughetto.

Forse distratta dal suo amato gatto, o pensando a qualche stravaganza del momento, fatto sta che Principessa non prese sul serio quanto le veniva riferito e non ci pensò più fino al giorno della partenza.

Di lì a qualche settimana, però, terminati tutti i preparativi, la piccola Principessa fu scortata allo Stagno per il suo tirocinio. E i primi tempi non fu molto entusiasta, anche perché non amava tanto immergersi nell'acqua dello Stagno, che le sembrava freddo, buio e sporco. Anzi, diciamo pure che aveva un po' paura, e provava una sgradevole sensazione di disagio.

Ma a poco a poco i saggi e pazienti ranocchi, soprattutto Grande-Mente, il più anziano, le insegnarono come respirare naturalmente all'interno dello Stagno, come muovercisi dentro, nuotando alla maniera dei ranocchi, e come mangiare e alloggiare comodamente nel suo rifugio, costruito al bordo dello Stagno. Per farla breve, alla fine del terzo mese Principessa aveva imparato anche a giocare sott'acqua con i pesci e gli altri abitanti dello Stagno, e passava più tempo volentieri in quel luogo che in ogni altro.

Intanto nonna Regina, poco a poco, soddisfatta dei progressi di Principessa, che dopo i capricci iniziali sembrava aver preso di buon grado la sua decisione, fu assorbita dagli impegni di governo: l'ultima stagione del raccolto non era stata così buona, il commercio del legname non aveva dato i risultati sperati e tirava aria di crisi economica, con l'aumento dei poveri. Bisognava far fronte alle necessità del popolo, ma allo stesso tempo far quadrare i bilanci del regno, giacché la crisi portava anche minori rendite e tasse nelle casse del Regno.

Così Principessa, quando tornava a Palazzo nei brevi periodi tra la scuola e i tirocini allo Stagno, si sentiva trascurata dalla propria nonna. Certo, sapeva della situazione economica, e ormai era abbastanza grande da comprendere anche quali erano le necessità di governo, ma desiderava tanto passare quel poco tempo che le restava con la persona a lei più cara, e questo era sempre più raramente possibile. La sera, nel suo letto a Palazzo, Principessa se ne lamentava tra sé e sé accarezzando Mughetto, che la ascoltava attento, ma che non poteva fare nulla per alleviare la solitudine della sua padroncina. Il gatto vedeva sempre più raramente Principessa e, a parte fare le fusa e ricambiare le sue attenzioni con qualche mossa giocosa, non sapeva come farle tornare il sorriso sulle labbra, che sempre più spesso tradivano la tristezza e la solitudine del suo animo e del suo cuore.

Al compimento del suo quindicesimo anno di età, Principessa passò dalla scuola intermedia al più rinomato

Collegio Superiore della capitale: il Gran Ciambellano curò personalmente gli accordi con il collegio perché Principessa potesse continuare i suoi tirocini allo Stagno.

Cambiarono quindi in parte i compagni di scuola, cambiarono gli insegnanti, cambiò anche l'ambiente scolastico, più austero e più severo.

Tutti questi cambiamenti in un breve periodo di tempo ebbero effetti negativi: Principessa iniziò, a poco a poco, a sentirsi sempre più sola tra gli Uomini, e sempre più attratta dall'ambiente accogliente dello Stagno. A mano a mano che approfondiva la sapienza dello Stagno, grazie ai pazienti Custodi, il suo carattere cominciò a cambiare, ma nessuno di quelli che la conoscevano, né a Palazzo, né al Collegio, si accorse del cambiamento in atto.

O meglio, qualcuno se ne accorse. Ma non come ci si sarebbe aspettato…

V RANOCCHIA

Quando, crescendo, si cambia scuola, difficilmente si ritrovano gli stessi compagni di classe: si perdono di vista le vecchie amicizie e se ne fanno di nuove.

Per Principessa la situazione era più complicata. Fin dall'inizio, al Collegio, Principessa fu guardata con sospetto dai suoi nuovi compagni di classe: c'era l'inevitabile invidia, spesso alimentata dagli stessi genitori, verso colei che era destinata a regnare. Le doti scolastiche, poi, frutto anche del desiderio di compiacere la nonna, e le misteriose lezioni allo Stagno la rendevano aliena e poco accetta ai loro occhi. Inoltre, la situazione a Palazzo rendeva Principessa solitaria e introversa, e l'austerità della scuola non contribuiva ad aiutarla.

Così, a poco a poco, Principessa, che pure aveva un gran cuore, si scoprì un pesce fuor d'acqua nel suo stesso mondo degli Uomini.

A peggiorare le cose, Principessa cresceva, in età e bellezza: primeggiava in grazia e portamento con Regina, lisci e lucenti erano i suoi lunghi capelli castani, gli occhi splendenti come il cielo estivo e il suo sorriso era solare come poche ragazze nel regno; ma, ahimè, era un sorriso sempre più raro a vedersi.

Isolata dai più, ella prese ad affezionarsi allo Stagno a tal punto che considerava come un secondo padre l'anziano Custode Grande-Mente.

Un giorno, durante una gita con alcune ex compagne di classe, commise l'errore di confidare entusiasta i suoi sentimenti. Le sue compagne riferirono dell'accaduto agli altri studenti che sparsero la voce, finché la notizia, gonfiatasi a dismisura con il pettegolezzo, raggiunse il Collegio e le altre scuole. Dapprima per gioco e poi per scherno, iniziarono tutti a chiamarla Principessa "Ranocchia".

Lei però non se ne curava ma, anzi, sembrava quasi contenta perché in fondo, si stava sempre più legando allo Stagno.

Nello Stagno però non c'erano, come tutti pensavano, solo i saggi ranocchi: purtroppo, come in ogni stagno, e lo Stagno Incantato non faceva eccezione, c'erano gli abitanti buoni e quelli cattivi. Principessa, che aveva vissuto in un regno di pace fin da piccola, non sapeva distinguere gli uni dagli altri, e così si fidava pensando che tutti gli abitanti dello Stagno, sotto la guida dei Custodi, fossero a loro volta saggi.

E se il saggio Grande-Mente era come padre, gli altri ranocchi, rane e rospi, li trattava da fratelli e sorelle. Questo non fece che rafforzare il soprannome di "Principessa Ranocchia", mentre i compagni di Collegio la canzonavano e le facevano credere le cose più strane, come per esempio che le sarebbe bastato baciare uno dei rospi per trasformarlo in un Principe Azzurro.

Giunse anche a Palazzo la notizia del soprannome con il quale si apostrofava, ormai anche in città, la futura sovrana e Regina, per nulla contenta, se ne lamentò duramente sia con il

Gran Ciambellano, che con i dirigenti del Collegio, minacciando severe conseguenze.

Ma la crisi nel Regno si stava acuendo e nessuno, dentro e fuori il Palazzo si curò veramente del problema di Principessa, relegando il tutto a una bravata fra ragazzi.

Nei suoi sempre più brevi soggiorni a Palazzo, Principessa non ne parlava né se ne lamentava: assorbita dai suoi libri, passava molte ore a studiare in biblioteca, in compagnia del suo fidato Mughetto.

Nessuno comprese dunque la gravità del problema, che pure era sotto gli occhi di tutti.

VI   UNA FAMIGLIA INSIDIOSA

Come abbiamo accennato, anche nello Stagno Incantato c'erano abitanti buoni e quelli cattivi.

C'erano gli opportunisti e gli arrivisti, i bugiardi e i falsi, i violenti e i capricciosi, le comari e le streghe cattive, proprio come nel mondo degli Uomini.

Solo che non si trattava di Uomini. Si distinguevano, infatti, tre grandi famiglie: i ranocchi e le ranocchie, che erano i più saggi e i più a modo, e di cui facevano parte i Custodi; c'erano le rane, ciarliere, pettegole e assai poco affidabili; e infine i rospi che, a fronte di una maggiore forza e prestanza fisica, erano dotati di una minore intelligenza. Tra di essi si trovavano gli individui più inaffidabili e pericolosi dello Stagno.

Come nel regno degli Uomini, solo ai Custodi era dato prendere decisioni che riguardassero lo Stagno Incantato: i Custodi potevano essere sia ranocchi sia ranocchie, ma non era mai accaduto, a memoria di Stagno, che lo diventassero rane o rospi. E siccome nello Stagno non c'erano scuole vere e proprie, tutti dovevano seguire le lezioni dei Custodi.

Ma i rospi, che oltre ad esser più grossi erano anche più rissosi, mal digerivano questo equilibrio nello Stagno. E non era la prima volta che qualche testa calda aveva portato scompiglio.

I Custodi però cercavano di fare buona guardia e di evitare che la notizia fuoriuscisse dagli argini, nel timore che gli Uomini non ci avrebbero pensato due volte a spazzare via tutti, considerandoli un pericolo, come era già successo in un lontano regno dell'est del Mondo, e la preoccupazione che potesse accadere di nuovo era grande.

Come nel mondo degli Uomini, anche nello Stagno Incantato c'erano famiglie in cui il desiderio di apparire o di gloria è fomentato nei figli dagli stessi genitori e una di queste ambiziose famiglie entra in gioco di prepotenza a questo punto della nostra storia.

La famiglia di cui andiamo ora a parlare era costituita dalla madre, la rana Lingualunga, e dai figli, il rospo Testagrossa e la ranocchia Tenebrilla. In verità, ci sarebbe anche un padre, il rospo Nientebuono, ma il suo ruolo qui è insignificante, come del resto la sua personalità di fronte alla consorte Lingualunga e alla figlia Tenebrilla, delle quali era totalmente succube.

Lingualunga era una rana che definire ciarliera, ambiziosa e pettegola, è riduttivo: aveva una grande opinione dei suoi figli, aspettative elevate e già se li immaginava Custodi dello Stagno Incantato e a tal fine li incoraggiava entrambi a studiare con impegno.

Non solo, si teneva costantemente informata su tutti i fatti dello Stagno e del mondo esterno, trascorrendo ore con altre amiche rane ad ascoltare di amori improbabili, o impossibili, di rospi e principesse, raccontate da visitatori di altri stagni o regni, storie che però lei credeva reali e non solo lei, in verità.

Anche la figlia Tenebrilla, pur essendo una ranocchia, era abbastanza credulona e gonfia di ambizione, tanto che, non contenta di quanto insegnavano i Custodi, aveva preso a leggere di nascosto certi libri di magia nera, che aveva scovato non si sa bene dove. Era così eccitata da quello che vi leggeva, che ogni tanto si cimentava a spese di qualche malcapitato rospo, con esiti, talvolta, tutt'altro che felici. Non era il primo rospo, infatti, che aveva cambiato colore, o contratto strane malattie, o che aveva rimediato strane macchie lungo il corpo.

I Custodi avevano qualche sospetto, ma finora le cause di queste "anomalie" erano sempre state imputate ai nefasti influssi del mondo degli Uomini. E dato che, ogni tanto, nello Stagno transitavano giovani non sempre ligi al dovere, finora Tenebrilla l'aveva sempre fatta franca.

Quanto al fratello Testagrande, egli era davvero il rospo più grande e robusto dello Stagno e doveva il suo nome al fatto di avere una testa più grande del normale. Si distingueva poi per delle curiose macchie nere a spirale sulla testa e intorno agli occhi, tanto che il padre Nientebuono aveva pensato di chiamarlo, in un primo tempo, Caporicciuto, ma la madre Lingualunga, volitiva, si era opposta adducendo a motivo che Testagrande sarebbe stato più beneaugurante di un nome da femminuccia: già allora nutriva grandi aspettative sul suo figliolo…

Assai poco incline allo studio, con gran dispiacere della madre e dei Custodi, aveva preso gusto di fare molta attività fisica, tanto da diventare un vero atleta, in grado come pochi, ad esempio, di spiccare balzi prodigiosi e di vincere le gare che si tenevano annualmente fra i rospi dello Stagno, anche quelle di lotta libera. E per queste sue capacità atletiche, aveva un certo seguito tra rane e ranocchie, cosa di cui andava ben fiero. Ma il nostro Testagrande, ambizioso e influenzato dalla madre, e dalle storie che questa ascoltava, mirava a qualcosa di più di una semplice rana o ranocchia con cui trastullarsi.

Quando Principessa iniziò a frequentare le lezioni dei Custodi nello Stagno, Testagrande, sobillato dalla madre, vide l'occasione della sua vita e iniziò a pensare come poter attirarne l'attenzione. Testagrande non provava sentimenti (gli erano del tutto sconosciuti), ma era solleticato dall'idea di poter balzellare per lo stagno vantandosi di avere per compagna una principessa Umana e di averla alla sua mercé. Immaginava l'enorme prestigio che ne sarebbe derivato, in barba agli insegnamenti dei Custodi, che da saggi mettevano sempre in guardia dall'andare contro Natura.

Anche la madre e la sorella Tenebrilla sognavano vantaggi e prestigio nello Stagno.

Tuttavia, tra il dire e il fare c'è di mezzo un mare. Principessa era una ragazza dal cuore buono, ed era gentile con tutti, Umani e abitatori dello Stagno; ma per quanto soffrisse sempre più la solitudine, e nonostante il soprannome di "Principessa Ranocchia" era pur sempre un essere umano che ragionava da… umano!

Perciò i primi approcci di Testagrande per mettersi in mostra davanti ai suoi occhi ora con gesti goffi, ora con doni inattesi, andarono sistematicamente a vuoto.

Testagrande, che era pure ostinato, non si arrese cercando aiuto dalla madre e soprattutto dalla sorella Tenebrilla, che si mise a cercare nei libri di magia nera qualche sortilegio da usare in favore del fratello.

E così passarono i mesi nello Stagno Incantato, mentre nel mondo degli Uomini, per il Regno la situazione non era più rosea.

VII   UN REGNO SENZA REGINA

Nel Regno la crisi si stava acuendo e le preoccupazioni per il suo popolo minarono l'anziano cuore della sovrana. Sempre più stanca e spossata, faticava a dormire. L'appetito veniva scemando e le era sempre più difficile alzarsi dal letto.

Ma Regina non voleva che Principessa venisse a conoscenza delle sue condizioni e, nelle rare occasioni che riusciva a trascorrere con lei, si sforzava di mostrarsi forte e in salute.

Quando Regina non se la sentiva, usava come scusa un impegno improvviso con l'Ambasciatore del tal regno, o qualche impellente problema di economia.

Gli ultimi mesi di regno, furono una continua menzogna: a farne le spese fu il morale di Principessa, che si sentiva sempre più sola e distaccata dal Palazzo. Zii, zie, cugini e cugine non aiutavano: da una parte perché per paura di tradirsi la evitavano, dall'altra perché anche a corte ormai era considerata da molti un'estranea, quella "Principessa Ranocchia" di cui si vociferava giù nella Capitale; infine, perché le Zie materne di Principessa, tentando di sopperire alle poche forze della loro madre, tentavano di governare collegialmente un Regno che ormai, risentiva la mancanza della salda presa della vera sovrana. Organizzatesi in un Consiglio delle Reggenti, la loro azione era tutt'altro che efficace: c'erano tante teste, troppe idee e spesso ben confuse; e la rivalità tra le stesse cominciava a emergere.

Il Gran Ciambellano aveva cercato, nei primi tempi, di guidare il Regno indirizzando al meglio le scelte collegiali, ma a poco a poco venne sempre più scalzato dal governo.

All'agonia della regina corrispondeva l'agonia del Regno. Tra il popolo serpeggiava il malcontento: la povertà cresceva, così iniziarono i primi scioperi e le proteste di garzoni e contadini. Nel tentativo di porvi rimedio, dal Palazzo sembravano uscire soluzioni sibilline o contraddittorie.

Il primo giorno d'autunno, un giorno di pioggia, la Regina si spense per sempre.

Il Regno aveva perso la sua sovrana.

In tutto il regno le campane suonarono a lutto ma Principessa, che soggiornava ormai da tempo nello Stagno, con l'inizio dell'Università, non ne fu informata, nonostante le proteste del Gran Ciambellano, poiché le Zie Reggenti si opposero.

Quando, una settimana dopo, Principessa tornò a Palazzo Reale, tutto al suo arrivo sembrò normale, compreso Mughetto che le corse incontro come suo solito.

Fu il Gran Ciambellano a comunicarle la notizia; Principessa, che teneva in braccio il suo Mughetto, rimase pietrificata: non aveva potuto neppure darle l'ultimo saluto.

Il Gran Ciambellano si scusò, riferendole che gli era stato impedito di avvisarla e, conscio del suo turbamento, si offerse di accompagnarla fin sulla tomba della nonna.

Principessa annuì in silenzio, pose a terra il gatto e seguì il Gran Ciambellano. Quando giunse sulla nuda pietra che copriva il sepolcro della Famiglia reale, s'inginocchiò e rimase in silenzio, appoggiando una mano sulla pietra e un'altra, a pugno, verso il suo ventre.

La nonna era morta e lei non era pronta a questa nuova situazione. Ora era davvero sola. Rimase lì, in silenzio, per circa mezz'ora, senza una parola né una lacrima. Poi, si fece accompagnare nelle sue stanze e rimase sola con Mughetto: si strinse il gatto al petto e solo allora si lasciò andare in un pianto liberatorio.

Quel Palazzo non era più casa sua.

L'indomani, il Gran Ciambellano, giacché si doveva iniziare il protocollo per l'insediamento di Principessa come nuova sovrana, andò a bussare alla sua porta. Non ottenendo risposta, chiamò più forte finché, preoccupato dall'assenza di risposte e dalla porta chiusa, chiamò una delle addette alla servitù che aveva un passe-partout. Quando la porta finalmente si aprì, la stanza era vuota; solo Mughetto vi dimorava, ignaro della partenza della padroncina.

Il Gran Ciambellano, sul momento pensò che fosse da qualche parte nel Castello e la fece cercare in ogni dove, ma alla fine dovette arrendersi all'evidenza: Principessa non c'era. Le guardie al ponte levatoio confermarono di aver visto una donna allontanarsi all'alba, ma di averla scambiata per una delle cugine, di cui aveva indossato l'abito.

Furono immediatamente inviati esploratori in ogni dove per cercarla, ma dopo poche ore fu chiaro che era tornata allo Stagno Incantato.

Il Gran Ciambellano era deciso a farla richiamare, ma le Reggenti, nonostante la sua insistenza, lo fermarono: esse videro l'occasione di dividersi le spoglie del Regno, e la fuga di Principessa fu ufficialmente archiviata come una rinuncia al trono. E nella Capitale, dove più la povertà si faceva sentire, nessuno riteneva che Principessa sarebbe stata in grado di governare giacché pensava solo ai suoi ranocchi. La sua sparizione, di lì a poco, non fece più notizia, nell'indifferenza generale sia della gente comune, sia degli stessi compagni all'Università.

Dal canto suo Principessa, tornata allo Stagno, diventò via via vittima della sua solitudine e preda della malvagità altrui. Durante l'assenza dei Custodi, che si erano recati in un regno confinante per questioni ufficiali, accortisi della sua debolezza, fu presa di mira da Lingualunga e i suoi figli, che videro l'occasione tanto attesa.

La prima, la blandiva fingendosi una madre premurosa; Testagrande si prodigava in regali e attenzioni mentre Tenebrilla, forte delle conoscenze di magia nera, prese a drogare la ragazza con strani filtri e tisane, spacciandole per pozioni di felicità: invece erano intrugli che ne soggiogavano lentamente la volontà al fratello Testagrande.

Poco a poco Principessa cominciò a convincersi di essere davvero una principessa dei ranocchi, che lo Stagno Incantato fosse la sua unica casa e Grande-Mente il suo vero padre. Non solo, si convinse che Lingualunga e i suoi figli erano la sua famiglia adottiva, che si sarebbe per sempre presa cura di lei; e il rospo Testagrande era il Principe Azzurro con cui condividere il regno nello Stagno.

Nel giro di pochi giorni la sua volontà sempre più debole cedette all'insidia e agli intrugli di Tenebrilla, e Principessa cessò di considerarsi un essere umano, divenendo nell'animo una ranocchia, o meglio un burattino, nelle mani di Lingualunga e Testagrande.

VIII Un Cavaliere... Nero

Nel Regno la crisi continuava a imperversare, anche per l'incapacità di chi governava di trovare soluzioni efficaci: i tumulti fra il popolo erano sempre più frequenti e il banditismo, dapprima sconosciuto, imperversava ora lungo le vie di comunicazione. Fame e povertà si stavano spaventosamente diffondendo.

Molti rimpiangevano Regina, l'ultima sovrana; ma lei era ormai morta da un anno e colei che doveva succederle era stata dimenticata: la "Principessa Ranocchia" sembrava non fosse mai esistita.

L'unico che ogni tanto la rimpiangeva e la ricordava con nostalgia era l'ex Gran Ciambellano, che subito dopo la sparizione di Principessa, era stato licenziato con un pretesto dal Consiglio delle Reggenti.

Il Consiglio, composto dalle Zie materne di Principessa, esercitava direttamente il potere sul Regno spadroneggiando in maniera scomposta, poiché non avevano trovato un accordo su chi di loro e come dovesse succedere al trono che, per la prima volta dalla fondazione del Regno, era vacante. Non esisteva né era stata prevista una legge in materia.

Il Gran Ciambellano, licenziato per la sua fedeltà all'erede al trono, non era stato sostituito.

Il brav'uomo, ripreso il nome di Vincente, procurò di gestire la locanda di famiglia, la più grande della Capitale. Essa recava il nome di "Locanda della Torre Verde", poiché si sviluppava attorno all'elegante torre, impreziosita dalle verdi tegole di rame, un tempo adibita a guardia del nucleo originario della Città.

Nei mesi successivi al licenziamento, Vincente si era reso conto che erano stati commessi alcuni errori imperdonabili dal governo di Regina, come l'idea di mandare Principessa allo Stagno Incantato, giacché la poverina aveva finito per autoesiliarsi lì. Da allora Vincente non ne aveva avuto più notizia.

Vincente si rimproverava di non aver avuto il coraggio di battersi per far tornare la legittima erede a Palazzo, ed anche lui era pessimista sulle sorti del Regno.

Mentre così si confidava con un amico alla locanda, giunse trafelato un contadino, che si mise a strillare in strada che un tale Cavaliere Nero aveva varcato, con i suoi compagni, i confini del Regno e marciava sulla Capitale Gomeviano.

La notizia si diffuse in un baleno nello sgomento generale: Perché il Cavaliere Nero muoveva sul Regno? E quanto era grande il suo seguito? Nessuno, ahimè, sapeva rispondere, ma voci lo descrivevano come un mago dagli arcani poteri, che parlava lingue oscure e seguiva rituali misteriosi. Altre riferivano avesse strane armi, uno sguardo fiammeggiante in grado di scrutare nelle profondità dell'animo umano, e fosse anche in grado di parlare agli animali, i quali gli obbedivano ciecamente; infine, che avesse al suo comando intere armate di uomini-bestia.

La lista poi delle sue imprese, ovviamente per lo più malvagie, sembrava interminabile e aumentava con il passar di bocca in bocca.

Per farla breve, sembrava fosse più un mostro che un uomo, e il solo nominarlo incuteva timore e paura reverenziali.

Da Palazzo Reale, vista l'inattendibilità delle fonti, s'inviarono esploratori lungo tutte le vie del Regno, per intercettare e valutare quali fossero le forze nemiche, mentre si diede l'allarme generale e, per sicurezza, si ordinò a città e castelli di vigilare anche di giorno, controllando chi entrava o usciva, dato che poteva essere una spia del nemico.

L'allarme generale spaventò tutti, compresi gli esploratori inviati dal Palazzo.

Immaginatevi quindi lo stupore e l'incredulità di due di loro, inviati sulla strada che a sud portava dalla Grande Pianura a Gomeviano. Questi, nascostisi in un punto di passaggio obbligato, si videro passare lentamente davanti al naso un cavaliere vestito sì di nero, ma dall'aria pacifica, fra i trenta e i quarant'anni, elegante nel suo abito e nel lungo mantello nero appuntato con spille e bottoni d'argento, su di un bianco destriero di razza araba, così bello quale i due esploratori non ne avevano mai visto. Al suo fianco, poco discosto lo precedeva guardingo un cane, un pastore tedesco più grande della media, mentre più sopra volteggiava una maestosa aquila dalla testa candida, di un tipo mai visto dagli esploratori.

Insomma, di mostri, eserciti e uomini-bestia nessuna traccia all'orizzonte!

I due si guardarono, poi il più anziano esclamò, quasi dimenticandosi di essersi nascosti:

"E sarebbe questo il famigerato Cavaliere Nero?"

L'altro ribatté in un sussurro:

"Ma non è possibile… dovrebbe esserci un esercito con lui… forse ci siamo sbagliati, ed è soltanto un viandante che se ne va a spasso…"

"Eppure guarda… è vestito di nero come ci hanno detto" ribatté l'altro: "E porta quella strana spada leggermente ricurva lungo il fianco, come ci avevano riferito al Castello…"

Indecisi sul da farsi, i due confabulavano a bassa voce per non farsi sentire. Ma mentre i due studiavano cosa fare, erano in realtà già stati scoperti: infatti, nonostante si fossero nascosti dietro di una fitta rete di cespugli sottovento, il cane, di nome Fulmine, li aveva sentiti subito con il suo fine udito, e senza emettere alcun suono, si era voltato col muso verso il Cavaliere, Nero di abito come di nome.

Nero, senza distogliere lo sguardo dalla strada, capì il segnale del suo amico e strizzò un occhio: fece finta di niente, continuando a spingere avanti a sé il suo cavallo, Vento. A quel punto l'aquila, che si chiamava Testabianca, si mosse apparentemente senza un ordine diretto con un colpo d'ala e si portò davanti sulla strada di alcune decine di metri. Quindi volteggiò e tornò indietro, passando proprio sopra i due malcapitati che stavano ancora bisbigliando tra di loro e che non se ne curarono. L'aquila tornò poi sulla strada, passò di fianco a Nero silenziosa e batté due volte le ali come per riprendere quota e si riportò davanti sulla strada che stavano percorrendo.

Dal numero dei colpi d'ala, Nero capì che due erano i potenziali aggressori alla loro sinistra e proseguì la cavalcata con i sensi all'erta, seguito dagli sguardi dei due ignari esploratori.

Questi ultimi, alla fine, vedendo il cavaliere allontanarsi indisturbato, si divisero i compiti: uno di loro sarebbe ridisceso più a sud per controllare che quel cavaliere non fosse un esploratore mandato avanti da un esercito; l'altro, invece, si sarebbe diretto a nord tagliandogli la strada e, fingendosi un semplice viandante, avrebbe attaccato bottone per sondarne le intenzioni. E così fecero. Giunto, il secondo, sulla strada del Cavaliere Nero come per caso, lo salutò:

"Salute a Voi, straniero. Bella giornata per viaggiare oggi..."

Nero lo guardò con fare impassibile, ma intimamente divertito dall'ingenuità dell'uomo e rispose al saluto con cortesia:

"Sì, davvero, ma temo che quelle nuvole da nord ovest siano portatrici di pioggia."

Riprese l'esploratore:

"E' possibile. La Signoria Vostra si dirige, forse, verso la Capitale?"

Nero annuì: "Sì, ho degli affari da sbrigare" disse "per conto di un amico", prevenendo così la domanda dell'esploratore.

"Se cerca alloggio, vada alla Locanda della Torre Verde: vi troverà quanto di meglio desidera. Non può sbagliare: quando arriva in vista della città, scruti l'orizzonte davanti a sé e la guglia verde della torre le indicherà la direzione della locanda."

Nero ringraziò, salutò e proseguì il suo viaggio verso Gomeviano. L'esploratore finse di proseguire verso sud ma, non appena uscì dalla visuale del cavaliere, spronò al galoppo il suo destriero per raggiungere il compagno d'armi, più a valle.

Inutile dire che di eserciti e mostri entrambi, nonostante ore di ricerche, non ne trovarono traccia alcuna.

IX LA LOCANDA

Dopo che l'esploratore fu sparito alle loro spalle, Fulmine si rivolse a Nero:

"Perché non l'hai smascherato?"

Nero sorrise:

"Perché mai avrei dovuto? Dopo tutto, ha fatto solo il suo dovere di esploratore. Lasciamogli credere d'averci ingannato."

Vento, con la sua voce sbruffante, concordò:

"E comunque ora sa con chi ha a che fare. Almeno potrà riferire che siamo innocui. Sai bene, Fulmine, che la fama ci precede. Per una volta, vorrei arrivare a destinazione tranquillo, senza grane di sorta."

Fulmine soppesò le parole dei suoi amici, poi riprese:

"Però ti saresti potuto divertire un po' alle spalle di quel disgraziato…"

Nero tornò a sorridere, ma tacque, mentre Testabianca, con la sua voce stridula e acuta, prese la parola:

"Perché prendersela con un povero esploratore? Dopotutto non è lui che dobbiamo temere. Dobbiamo temere piuttosto chi l'ha mandato…"

Nero a quel punto prese la parola:

"Stiamocene tranquilli, e proseguiamo il nostro viaggio come se niente fosse.

Il nostro primo obiettivo è arrivare a Gomeviano, evitando incidenti e scocciature con le autorità locali. La situazione in questo Regno è già tutt'altro che rosea."

"Giusto," riprese Vento; "in questo momento il nostro obiettivo è arrivare alla città e cominciare a prendere informazioni per capire esattamente qual è la situazione. Solo così potremo poi adempiere la nostra missione."

Testabianca con pochi colpi d'ala si portò in alto e controllò a palmo a palmo con la sua vista acutissima il territorio intorno a loro. E dopo aver volteggiato avanti e indietro per un po', tranquillizzò Nero e gli altri: non c'era pericolo lungo la strada per almeno qualche chilometro.

Nero in fondo ci sperava:

"Bene. Testabianca, tieni comunque gli occhi aperti anche alle nostre spalle, e tu, Fulmine, sorveglia i lati della strada. Non si può mai sapere con chi abbiamo a che fare o chi altri possiamo incontrare."

Fu solo verso sera inoltrata che avvistarono in lontananza le luci di Gomeviano, e Nero decise di affrettare il passo, per arrivare in tempo prima che le porte della città si chiudessero.

Giunti che furono, Nero diresse sicuro verso la Locanda della Torre Verde, come l'esploratore aveva loro indicato.

All'arrivo, un giovane garzone di neppure quindici anni, corse incontro premuroso:

"Che magnifico destriero! Messere, se si ferma da noi, avrete il servizio migliore di tutta Gomeviano."

Nero sorrise al garzone:

"E magari avete anche i letti più morbidi?"

"Certamente! Tutto il meglio a modico prezzo, alla Locanda della Torre Verde.", si affrettò a ribadire il giovane.

"Va bene, va bene;" disse Nero quasi a tranquillizzarlo, scendendo da cavallo; "per questa notte ci fermeremo qui, e vedremo se le parole corrispondono ai fatti.".

Estrasse da una tasca mezzo fiorino d'argento e lo lanciò al garzone:

"Tieni: darai al mio amico Vento la biada migliore. Doppia razione e doppia strigliata, più un'abbondante bevuta di acqua limpida e fresca di sorgente. E guai a te se il cavallo dovesse lamentarsi del tuo servizio."

Il garzone s'inchinò premuroso, e assicurò che si sarebbe preso cura personalmente del cavallo, anche se in cuor suo si domandava come avrebbe potuto capire quel cavaliere se il suo cavallo era stato trattato bene o no. Pensò a una battuta, prese le redini e si avviò verso la stalla.

Mentre Testabianca, che non amava le locande, trovò un posticino tranquillo nel fienile sopra la stalla, con una visuale perfetta sulla strada per tenere d'occhio eventuali pericoli, Nero entrò con Fulmine nella locanda, che a quell'ora era ancora piena di avventori intenti a bersi una birra o del buon vino.

Il suo ingresso non passò ovviamente inosservato: con tutte le voci che giravano, l'abbigliamento e la spada ricurva al fianco parlavano per lui e un mormorio percorse la sala.

Nero, vedendo Vincente spillare della birra fresca da una botte dietro il bancone, suppose fosse l'oste; si diresse quindi al bancone e si rivolse con voce calma a lui:

"Siete il padrone della locanda?"

"Per servirla, messere. Volete mangiare? Sembrate affaticato da un lungo viaggio."

Nero annuì:

"Un pasto per me e per il mio cane. E se l'avete, una stanza per la notte: penso che dovrò fermarmi per qualche giorno."

"Affari?" chiese Vincente con malcelata curiosità.

"Forse" rispose Nero, evasivo. "Allora, avete una stanza? Il cane dorme ovviamente con me."

Vincente capì dal tono che non era il caso di insistere: prese la chiave della stanza numero sette da uno scaffale. Nero estrasse un fiorino d'argento e lo diede al padrone della locanda, che sorridente, riprese:

"Venite, Vi accompagno, così potete riporre i Vostri bagagli; e poi mangerete. La nostra cuoca è una delle migliori della città" disse con scarsa modestia.

Nero annuì, e si avviarono insieme verso la scala posta sulla destra del bancone: gli sguardi dei presenti erano tutti appuntati su di loro, mentre il mormorio di fondo si fece più insistente. Vincente, forse temendo l'irritazione di Nero, cercò di rabbonirlo:

"Non badi a questi perditempo. Non passa straniero che subito si mettono a mormorare e spettegolare. Sa, di questi tempi, sono pochi gli stranieri che vengono nel nostro Regno. E a dire il vero, Voi siete il primo da almeno un paio di mesi."

Nero non replicò: era stanco e poco invogliato a fare conversazione.

Saliti al primo piano e giunti alla stanza, Vincente la aprì e fece strada all'ospite. Nero appoggiò il proprio bagaglio in un angolo, si guardò attorno e annuì: la stanza era di suo gradimento.

Vincente era soddisfatto:

"Bene, se ora volete seguirmi, Vi troverò un tavolo d'angolo: un angolo tranquillo, dove potrete rifocillarvi."

Nero però voleva un attimo rinfrescarsi il viso con l'acqua della brocca, e riprese con sguardo severo:

"Andate avanti Voi, oste: sistemo il bagaglio, e poi Vi raggiungo per la cena."

Vincente capì che l'ospite voleva restare solo, e uscì con premura: non voleva assolutamente perdere un cliente che sembrava pagare bene. In tempi di crisi, era merce rara.

Nero si sedette un attimo sul letto, quasi spossato dalla conversazione, e diede un'occhiata a Fulmine, che si era accucciato alla fine del letto e lo guardava quasi divertito:

"Non la smetteva davvero di parlare…"

"Già" disse Nero, "tutti uguali questi osti… Ma, se sapremo giocare bene le nostre carte, potrebbe esserci utile. Gli osti sono anche la prima fonte d'informazioni di ogni città."

Poi guardò la brocca dell'acqua, si sforzò ad alzarsi, ne versò un po' nella bacinella e si rinfrescò il viso. Si guardò allo specchio prima di asciugarsi e pensò, tra sé e sé, che per quella sera aveva solo voglia di riempire lo stomaco con qualcosa di caldo e appetitoso.

Per la missione e i suoi problemi, ci avrebbero pensato insieme domani: dopo un buon sonno ristoratore.

X   UNO STRANO UOMO

Quando l'indomani Nero scese con Fulmine dalla sua stanza, la locanda era deserta: c'era solo, Vincente, intento a pulire il pavimento, che borbottava tra sé e sé, e non si accorse di Nero mentre questi scendeva la scala alle sue spalle.

"Ah, povero Regno nostro. La Regina è morta, e l'erede Principessa si è rinchiusa in uno Stagno pieno di ranocchi, e le Reggenti stanno portando tutto alla rovina... Che cosa ho mai fatto di male per vedere tutto questo?" disse Vincente bagnando lo straccio per il pavimento: e strofinava scuotendo la testa.

"Lavoriamo da mattina a sera, per pochi fiorini, che se ne vanno in tasse e spese per vivere, e niente più resta. Signore del Cielo, perché ci hai abbandonato?" e spostava il secchio, e riprendeva a strofinare.

"Povera Principessa, perché ti abbiamo inviata noi in quello Stagno? Siamo proprio noi la causa di tutti questi mali..." e scuoteva il capo.

"Tutti pretendevano da Te che diventassi la nuova Regina..." e strofinava più rabbiosamente.

"Ah, povera Regina, se potesse vedere da dove si trova questo disastro... Ma è tardi ormai, è tardi... tutto è finito, tutto è in rovina..." e spostava di nuovo sconsolato il secchio...

Nero rimase a lungo immobile alla fine della scala, e fu solo quando Vincente arrivò alla parete opposta, che questi, nel girarsi, si accorse di lui, fermo a braccia conserte che lo ascoltava attento, con Fulmine accucciato vicino.

Vincente si riprese subito dalla sorpresa, e disse:

"Buongiorno, messere. Avete dormito bene?"

"Benissimo, grazie", disse con voce calma e rilassata.

"Dovete scusarmi, sto pulendo ora il pavimento, ma si asciuga subito: passate pure, non preoccupatevi di vedere bagnato" disse Vincente premuroso, pensando Nero si fosse fermato per farlo lavorare.

Ma Nero scosse il capo:

"Veramente, vorrei fare colazione, buon uomo. E scambiare chiacchere con voi, giacché siete del posto."

Vincente si portò verso il bancone della locanda, appoggiò il secchio d'acqua sporca e trasse fuori subito un boccale vuoto e un piatto pulito:

"Colazione? Certamente... subito... E cosa desiderate? Ho uova e pane freschi, e della pancetta..." disse quasi imbarazzato, non sapendo di cosa Nero volesse parlare con lui; ma non desiderando indisporre l'ospite, si affrettò a preparare prima ancora che Nero, pacatamente, confermasse:

"Vada per uova, pane e pancetta. Con una buona pinta di birra fresca, ovviamente. E prendi un boccale anche per te, oste, perché abbiamo da parlare."

Il finale di frase di Nero, mentre questi si sedeva a un tavolo poco distante dalla scala, dove il pavimento era ormai asciutto, suonò perentorio a Vincente.

Vincente si affrettò a preparare una colazione abbondante, e la portò al tavolo, dove Nero si era già accomodato con le spalle al muro e lo sguardo che spaziava su tutta la sala.

Fulmine si accoccolò vicino al tavolo, imitando il padrone e con il muso seguiva il piatto di Vincente e il profumo di pancetta che ne usciva.

Vincente posò tutto sul tavolo e Nero, annuendo in segno di approvazione, accennò con una mano alla sedia perché Vincente si sedesse. Poi, prese un pezzo di pane e uno di pancetta, e li lanciò a Fulmine che, rapido come il suo nome, fece sparire il tutto con un mormorio finale di approvazione.

Nero bevve un sorso di birra dal boccale, incurante dello sguardo di Vincente che tradiva l'attesa e l'ansia: cosa mai voleva sapere questo straniero?

Quando era stato Gran Ciambellano, su a Palazzo Reale, non era mai stato così agitato, eppure aveva avuto la responsabilità di un Regno sulle spalle. Ora però si sentiva a disagio. O meglio, era Nero che lo faceva sentire a disagio.

Certo tutte le storie che fino al giorno prima si erano raccontate su quel Cavaliere erano esagerate, tipiche di gente ignorante e timorosa, che guardava con sospetto a questi uomini errabondi e, a loro modo, un po' strani. E certo Nero era strano, e non solo nell'abbigliamento.

Vincente si scosse dentro di sé, pensò che stesse davvero invecchiando se aveva così paura di uno straniero che sembrava innocuo, almeno fino a quel momento. Ma non riuscì a eliminare l'ansia.

Nero, che si era accorto del suo disagio, cercò di prenderla alla larga:

"Vi ho sentito prima borbottare di una Principessa e di uno Stagno… a cosa vi riferivate?" disse con malcelata indifferenza. "Scusate se ve lo chiedo, ma non essendo del posto… vorrei un po' capire… Sembravate preoccupato."

"Oh, messere, è una storia triste e lunga, non vorrei annoiarvi…"

"Nessun problema, per oggi non ho alcuna fretta" incoraggiò Nero, intuendo che il suo ospite stava per sbottonarsi. E si pose in posizione rilassata sulla sedia, mentre Vincente non si fece pregare oltre:

"Dovete sapere che un tempo io non ero un modesto locandiere, in questa locanda che pure appartiene da secoli alla mia famiglia. Ma ero il Gran Ciambellano presso il Palazzo Reale nel Castello appena fuori la cinta di mura."

Nero annuì in segno d'assenso.

Vincente iniziò quindi il suo lungo racconto, ricco di dettagli e particolari. Parlò di se stesso, da quando aveva preso servizio per Regina, la scomparsa sovrana. Raccontò della nascita e crescita di sua nipote Principessa, e delle preoccupazioni della nonna di farne una futura regina degna del Regno. E, tra una storia e l'altra, riferì della decisione di inviarla a studiare anche presso lo Stagno Incantato. Decisione, a suo dire, assolutamente infausta perché alla morte della Regina, la nipote era scappata da Palazzo ed era tornata nello Stagno e nessuno aveva voluto cercarla, tanto meno le Zie Reggenti.

"Per non parlare, poi", aggiunse amareggiato Vincente, "delle prese in giro di cui la poverina era diventata oggetto: tutti la chiamavano già prima Principessa Ranocchia, a causa di quel maledetto Stagno e dei suoi abitanti. E ora" disse, asciugandosi una lacrima di commozione, "mentre le Reggenti stanno distruggendo il Regno con la loro incompetenza, sono rimasto il solo a ricordarmi di lei, che per il dolore Si è esiliata volontariamente nello Stagno."

"Volontariamente un corno…" sentenziò qualcuno seccamente alla sinistra di Vincente. Vincente guardò Nero, e poi guardò alla sua sinistra, ma vide solo il cane. Vincente guardò di nuovo il cavaliere:

"Avete sentito anche Voi? Quella voce…"

Nero sorseggiò lentamente la birra dal boccale quasi vuoto. Poi lo appoggiò con calma, mentre Vincente lo guardava perplesso con ogni attenzione.

"Sì, ho sentito" rispose pacatamente, e guardò Fulmine, sorridendo.

Vincente, senza capire, guardò nuovamente il cane, che riprese subito:

"Beh, che avete da guardare? Non avete mai sentito parlare un cane da queste parti?"

Vincente sbarrò gli occhi.

"Che… che stregoneria è mai questa?" e fece per alzarsi dal tavolo spaventato ma Nero, intuendo la mossa, lo afferrò al braccio destro e lo costrinse a restare seduto.

"State calmo e seduto. Nessuna stregoneria, amico mio. Vi presento Fulmine, il mio migliore amico da molti anni" e lo indicò con la destra. "Sembra un cane come gli altri, un po' più grande della media, ma vale più oro di quanto possiate immaginare. E, soprattutto, possiede il dono più grande che la Natura potesse offrirgli: quello della parola."

Vincente guardò il cane, e poi ancora frastornato, chiese balbettando:

"Volete dire che... può parlare... come me e Voi, messere?"

"Certo che posso parlare come Voi", sbottò Fulmine irritato: "o credete che solo voi Uomini avete il dono della parola? Non avete forse parlato Voi con dei ranocchi, quando eravate allo Stagno Incantato? O credete che solo i ranocchi possano farlo?"

Vincente tornò ad agitarsi: un cane parlante, una cosa mai vista. Sì, era vero, aveva parlato con i saggi ranocchi dello Stagno ma... quelli erano saggi ranocchi... ma un cane... Si diede un pizzicotto pensando di sognare, mentre Nero, divertito, assisteva alla scena finendo di sorseggiare la sua birra.

Vincente guardò di nuovo Nero, e poi chiese, quasi smarrito:

"Ma Voi, messere, chi siete veramente? E cosa voleva dire il cane con quelle... quelle parole?"

Nero capì che era giunto il suo momento: se quello era il vecchio Gran Ciambellano del Palazzo, nessuno meglio di lui poteva aiutarlo nella sua missione. Con gran risparmio di tempo.

"Se portate un altro paio di boccali di birra, amico mio, vi racconterò ora la mia storia."

XI MISSIONE SEGRETA

Nero bevve un sorso dal boccale pieno appena portato da Vincente, e questi fece lo stesso a sua volta. Vincente era via via era sempre più desideroso di ascoltare la storia di Nero, per quanto turbato dagli eventi e, soprattutto, dal cane parlante che stava lì di fianco e sembrava fissarlo.

Nero esordì:

"Vedete, amico mio, c'è qualcuno che ha a cuore la sorte di questo Regno; mi ha pregato di occuparmi della faccenda e inviato qui per indagare sulle sorti dell'erede al trono.

Non è importante che ora Voi sappiate di più. In ogni caso, il mio cliente ci ha pensato bene prima di chiamarmi per intervenire.

Certe cose vanno ponderate bene: non si può agire nel mondo degli Uomini, senza prima avere ben chiare le conseguenze delle proprie azioni. Quali che esse siano..." sentenziò Nero, facendo il segno di *attenzione* con l'indice della mano destra.

Vincente si sforzò di prestare attenzione alle sue parole. Che ci fosse qualcuno che si era mosso in favore della piccola Principessa, lo considerava un bene: chi fosse questo qualcuno, Vincente non lo sapeva, ma effettivamente in quel frangente poco importava. Se Nero era stato mandato fin lì, allora poteva essere l'occasione di sistemare le cose.

E nessuno meglio di lui, che quella bimba aveva visto nascere e crescere, aveva più piacere di sistemare tutto:

"Se io posso essere d'aiuto, sono al Vostro servizio, messere: se ho capito bene, Voi siete qui per riportare Principessa sul trono?".

Nero fece il segno con il dito indice sulla bocca:

"Badate bene! Nessuno oltre a Voi deve saperlo, neppure vostra moglie o i vostri aiutanti… La missione mia e dei miei compagni è per l'appunto riportare Principessa a casa…"

"Compagni? Quali compagni? Ci sono altri oltre il Vostro cane?" chiese insistente Vincente. Nero lo ignorò:

"…perché abbiamo ragione di ritenere che potranno esserci complicazioni per riportare l'erede al trono a casa."

"Complicazioni? Quali complicazioni?" chiese allarmato Vincente. Era un'idea che non lo aveva mai neppure sfiorato.

Fu Fulmine a rispondergli:

"Come Voi stesso avete raccontato, non vi è stato permesso di andare allo Stagno a riprenderla. E Voi stesso siete stato licenziato per la Vostra insistenza in proposito. Dunque, dobbiamo innanzitutto ritenere che a Palazzo ci potrebbero essere atteggiamenti ostili, che dovremo individuare e neutralizzare per la buona riuscita della nostra missione."

"Inoltre, dal Vostro racconto sappiamo già", aggiunse Nero, "che Principessa apparentemente se n'è andata da sola allo Stagno: Vi siete mai chiesto perché? E perché non è mai tornata, neppure dopo molto tempo?

Era l'erede al trono, e ad un trono non si rinuncia senza un valido motivo: ed è accaduto tutto dopo che Voi l'avete accompagnata sulla tomba della nonna. Avrà sofferto per la perdita, certamente: ma il tempo aiuta di solito a lenire le ferite. Ma quanto tempo è già passato, da allora? E, soprattutto, Principessa è ancora nello Stagno di cui ci avete parlato?

Perciò è da qui che dovremo partire: la nostra missione è indagare a fondo in proposito, trovare le risposte alle domande che la riguardano e risolvere ogni problema che sia di ostacolo al ritorno della ragazza sul trono che le spetta.

Ad ogni costo e con ogni mezzo: anche a prezzo della nostra stessa vita, se ciò si rendesse necessario."

Vincente era confuso ma conscio degli errori e delle negligenze che erano stati commessi, da più parti. E si sentì colpevolmente chiamato in causa dalle parole del cavaliere, ma questo lo spronò ancor di più nella volontà di rimediare a quegli errori, e perciò senza esitazione ribadì:

"Se posso essere d'aiuto, sono al Vostro servizio, messere. Se possiamo riportare a Palazzo la piccola Principessa, allora io voglio essere della partita. Sono stato qui troppo tempo a vedere tutto andare a rotoli senza fare nulla."

Nero fu lieto del suo nuovo alleato, le premesse erano state migliori di quanto sperasse. Come ex Gran Ciambellano, Vincente aveva conoscenze che un normale oste non avrebbe potuto avere: era un alleato prezioso, soprattutto perché conosceva direttamente l'erede al trono.

La prima priorità era ora andare allo Stagno e indagare se Principessa fosse ancora là ed eventualmente valutare quale fosse l'impedimento al suo ritorno: al Palazzo ci avrebbe pensato in un secondo momento. Nero chiese perciò a Vincente se sapesse dove era lo Stagno Incantato.

"Certamente, messere!" risposte lui, "ci sono andato personalmente a quel dannato posto, e ho pure parlato con uno di quei saggi ranocchi. Possiamo partire anche subito… lo ritroverei a occhi chiusi, quello Stagno."

Nero lo fermò alzando la mano:

"Trattenete l'entusiasmo, amico mio: oggi è ormai tardi, è quasi mezzogiorno. Partiremo domattina all'alba. Intanto oggi ci prepareremo provviste e mezzi per il viaggio. Voglio arrivare lì in pieno giorno, e parlare con i Custodi: se davvero sono saggi come voi mi avete detto, allora ci dovranno molte spiegazioni."

Nero diede fondo al suo boccale, e poi si alzò:

"E per favore, da adesso chiamami Nero e basta… il *messere* lascialo agli altri tuoi ospiti."

"Come volete, m… intendevo dire Nero. Allora per domattina sarò pronto. Il posto non è lontano, e saremo là in tempo per mezzogiorno."

Nero annuì, e uscì con Fulmine sulla strada, mentre Vincente, cui era scomparsa ogni agitazione, li guardò uscire. Poi, tutto allegro, si mise a sparecchiare il tavolo. In quel mentre arrivò sua moglie dalla cucina:

"Allora, che novità ci sono, che oggi ti vedo così allegro?" chiese la donna.

"Grandi novità, moglie mia. Così grandi che non te ne posso parlare", rispose Vincente sibillino. "Ma se davvero quel Cavaliere Nero vale anche solo metà di quel che appare, presto nel Regno molte cose cambieranno."

E tutto gongolante si diresse nella cucina con le stoviglie da lavare, mentre la moglie, da dietro il bancone, scuoteva la testa,

perché non aveva capito un bel nulla, e pensava fosse un po'
brillo, visto il numero di boccali di birra che aveva in mano.
Avrebbe voluto indagare oltre, ma entrarono alcuni clienti, e la
donna, nel servirli, non ci pensò neppure più, a suo marito.

Dentro la cucina Vincente, fischiettando, già programmava
nella mente cosa prendere dalla dispensa per il viaggio
dell'indomani.

XII Lo Stagno Incantato

Il sole non aveva ancora fatto capolino tra le montagne, che Vincente e Nero cavalcavano verso lo Stagno Incantato. Fulmine li precedeva di pochi metri, attento ad ogni piccolo movimento, mentre Testabianca sorvegliava dall'alto. Nero e Vincente, intanto, conversavano a bassa voce aggiornandosi l'un l'altro su fatti e accadimenti del passato di Principessa e del Regno. Nero cercava di avere un quadro della situazione il più chiaro possibile.

Vincente rimase turbato nello scoprire che anche il cavallo di Nero, Vento, e l'aquila, Testabianca, erano dotati di parola, ma a differenza del giorno prima, non ne era più intimorito.

Man mano che conosceva Nero, comprendeva che molte delle storie che aveva sentito su di lui erano davvero frutto dell'ignoranza e della paura. Nero e i suoi compagni erano davvero qualcosa di fuori dall'ordinario, una compagnia ben assortita, e per nulla prevedibile: accomunata da un legame di amicizia e cameratismo che non aveva mai visto neppure tra i comuni mortali. Insieme si completavano a vicenda, ciascuno sopperendo per la sua parte alle mancanze dell'altro: una vera squadra, insomma. Non li aveva ancora visti in azione, ma da quel poco che ne aveva dedotto, Vincente era affascinato da questa insolita compagnia e, più ancora, dalla pacatezza di Nero che, pur conscio della difficoltà della missione e dei suoi rischi, procedeva sicuro con i suoi compagni al fianco. Se fosse sicurezza derivata dall'esperienza, o dal carattere, Vincente non sapeva; ma supponeva che entrambe le caratteristiche si fossero fuse nel tempo in quest'uomo ancora giovane, in questi tempi turbolenti.

Il cammino fino allo Stagno Incantato fu, nella parte finale, più faticoso del previsto: da quando Principessa era fuggita da Palazzo, nessuno si era più curato del sentiero per lo Stagno, che si era riempito di rovi, arbusti e spine. Vincente e Nero dovettero scendere da cavallo e avanzare a piedi, aprendosi la strada a colpi di spada per ripristinare il percorso in disuso.

La spada di Vincente era meno efficace, poiché da tempo giaceva riposta in un armadio, e aveva perso parte dell'affilatura su entrambi i lati della lama. Quella di Nero, invece, a lama singola, leggermente ricurva, era affilatissima e recideva al primo colpo anche i rovi più contorti. Ma quello che Vincente notò, fu la grazia e il gesto deciso, ma quasi rituale, con cui Nero muoveva la sua spada: movimenti circolari che aprivano ampi varchi con una precisione e un'efficacia incredibili.

Man mano che si avvicinavano allo Stagno, arbusti e rovi sembravano infittirsi, mischiandosi e annodandosi con erbe palustri che rendevano più difficile districarsi. Anche il bosco diventava più fitto e oscuro: Testabianca dovette alzarsi più in alto degli alberi e, giunta al limitare del lago, si appollaiò su un robusto ramo di quercia in attesa dei compagni.

Molte cose sembravano essere cambiate dall'ultima volta che Vincente era stato allo Stagno, tanto tempo addietro:

aleggiava ancora quella sottile nebbiolina sullo Stagno, tuttavia non gli sembrava più così magico. L'ex Gran Ciambellano si sentì di nuovo a disagio: come allora, pensò che fosse dovuto alla sua età e all'umidità del luogo. Tuttavia, riflettendo, notò che c'erano molti meno fiori colorati e le farfalle erano scomparse. Anche l'acqua dello Stagno era ora torbida e soffocata da un sottile strato di foglie e vegetali che, adagiato sulla superficie, impedivano alla luce del sole di entrare. Il suo primo pensiero fu se ci fosse ancora qualcuno lì, visto lo stato dello Stagno.

"Salute a Voi, Uomini. In cosa l'umile Grande-Occhio, Custode dello Stagno, può rendere servigio a tanta nobile stirpe?"

A quella voce Vincente si girò di scatto. L'aveva già sentita, e riconobbe il saggio ranocchio della sua prima visita allo Stagno: evidentemente, i colpi di spada per aprirsi la strada avevano richiamato la sua attenzione.

"Salute a Voi, Grande-Occhio, Custode dello Stagno. Vi ricordate di me, Vincente, Gran Ciambellano del Regno, amico di Principessa?" chiese con la voce quasi strozzata dall'emozione.

Grande-Occhio guardò Nero che ancora brandiva la sua spada, dopo aver abbattuto l'ultimo ramo che ostruiva il vecchio sentiero. Poi riprese:

"Mi ricordo di Voi, amico mio. E vedo che avete portato con Voi il prode Cavaliere Nero."

Vincente, sorpreso, esitò: come sapeva chi era il suo compagno?

Mentre Nero lentamente rinfoderava la sua lama, attento a tutto quel che accadeva all'intorno, Grande-Occhio, prevenendo la domanda di Vincente, riprese con malcelata ironia:

"Le prodezze del Cavaliere e dei suoi valorosi compagni, e la sua fama di uomo giusto, sono note anche in questo Stagno."

Nero non se ne curò e accarezzò con una mano Fulmine, che invece provò subito un'innata ostilità per quel ranocchio. Mentre Testabianca, che osservava dall'alto, vide avvicinarsi altri ranocchi, attirati forse dagli insoliti ospiti. Grande-Occhio riprese a parlare:

"A cosa dobbiamo la Vostra pregiata visita allo Stagno?"

Nero precedette Vincente nella risposta:

"Se sapete chi siamo, potete intuire perché siamo qui, Grande-Occhio. Il mio amico vuole salutare Principessa, ed io l'ho accompagnato per vedere con i miei occhi questo Stagno Incantato, di cui molto si parla anche nei regni vicini, e la sua regale ospite."

La voce di Nero era pacata, ma ferma allo stesso tempo: non amava troppo i convenevoli, mentre il fruscio delle ali di Testabianca, sui rami al di sopra lo aveva messo sul chi vive: si stavano avvicinando potenziali minacce? Anche Vento era inquieto, e si guardava intorno con circospezione. Fulmine, invece, puntava Grande-Occhio e non lo perdeva di vista un secondo.

Grande-Occhio, impassibile, si rivolse a uno dei ranocchi curiosi nel mentre sopraggiunti, e mandò a chiamare Principessa.

Trascorsero alcuni minuti perché questa comparisse, emergendo dalle acque del lago in una veste che mostrava i segni del tempo e i molti rammendi.

Vincente quasi non la riconosceva: i capelli lunghi, un tempo raccolti con ordine o pettinati, apparivano sporchi e trascurati. Gli occhi erano spenti, il viso una maschera senza espressione.

Nero la guardò e ne rimase colpito. Era bella, di una bellezza rara ma... spenta, come una lampada preziosa che non brillava più di luce propria.

I raggi del sole illuminavano il suo viso, ma quegli occhi e quella bocca, un tempo sorridenti, erano inespressivi, lo sguardo vuoto e fisso davanti a sé.

Mentre Principessa emergeva lentamente dall'acqua, Nero riusciva a vederla come avrebbe dovuto essere e allo stesso tempo la confrontava con quel che vedeva. Capì che qualcosa nella ragazza non andava, ma non gli era chiaro cosa.

Vento, anch'esso attento alla ragazza, bisbigliò alle sue spalle:

"Sembra più un automa, che una persona dotata di volontà propria. Guarda come cammina...".

Nero annuì appena, in silenzio.

Con lei emersero un rospo e una ranocchia al fianco. Grande-Occhio li salutò tutti e tre:

"Salute a te, Principessa. Vedo che, come di consueto, hai portato con te i compagni Testagrande e Tenebrilla."

A Nero non sfuggirono le parole *"come di consueto"*, e scambiò uno sguardo d'intesa con Vento.

Principessa ricambiò il saluto con un filo di voce, mentre Testagrande si fece subito riconoscere e, davanti a tutti i ranocchi, rane e rospi che per la curiosità si erano avvicinati, con tono arrogante esclamò:

"Chi tra gli Uomini osa disturbare la Nostra Principessa?"

Nero e Vincente si scambiarono uno sguardo interrogativo, mentre Grande-Occhio, con molta calma, rispose per tutti:

"I suoi amici vogliono sincerarsi che stia bene, e parlare con Lei."

Ma Testagrande si oppose:

"Principessa è molto impegnata e non ha più nulla da spartire con il mondo degli Uomini, che l'ha umiliata ed abbandonata."

Vincente si sentì colpevolmente chiamato in causa ma Nero sentì il bisogno di intervenire e lo precedette:

"Chi sei tu per decidere del suo destino? E come puoi giudicare il mondo degli Uomini tu, piccolo abitante di questo minuscolo stagno?"

Testagrande stava per rispondere con la sua solita irruenza ma Tenebrilla lo anticipò:

"Noi siamo coloro che si prendono cura di Principessa. Noi la amiamo e l'abbiamo accolta tra noi: ora è la *nostra* Principessa.

Il mondo degli Uomini l'ha umiliata, abbandonata e dimenticata. E Lei non vuole più avere niente a che fare con Voi. Non è così, amica mia?" e si rivolse con voce suadente a Principessa.

Principessa non volse lo sguardo e non guardò gli ospiti. Rispose del tutto meccanicamente:

"Sì, io ora sono la Principessa dello Stagno: ora è questo il mio regno, il mio mondo e la mia famiglia."

Nero diede una gomitata a Vincente, che stava lì immobile, quasi paralizzato alla vista di Principessa. Vincente si scosse e prese coraggio:

"Principessa, sono Vincente, il Gran Ciambellano. Non Vi ricordate di me? Io Vi ho sempre avuta a cuore. Non vorreste tornare neppure per un po' a Palazzo, al Castello? Lì c'è anche Mughetto che Vi aspetta da lungo tempo... Vi ricordate di Mughetto?"

Il riferimento a Mughetto, che a Vincente era uscito così, senza neppure rifletterci su, accese per un attimo un guizzo negli occhi di Principessa: Vincente non lo notò, ma Nero, vigile, se ne accorse.

Ma anche Tenebrilla lo vide e, allarmata, pronunciò subito, sottovoce, una frase del tutto incomprensibile ai presenti, scambiata per un'imprecazione, ma che in realtà era una formula magica: e tirò leggermente per la veste Principessa.

I suoi occhi si spensero di nuovo, e Principessa rispose meccanicamente:

"Sì mi ricordo di Voi, ma ora andate. Io resto qui. E non tornate mai più."

Poi si volse, e tornò nelle acque torbide dello Stagno, seguita da Testagrande.

Vincente provò a fermarla chiamandola per nome, ma lei continuò a immergersi, ignorandolo.

Allora Nero gli pose una mano sulla spalla, e Vincente capì che, al momento, non c'era più nulla che potessero fare.

Tenebrilla, invece, si trattenne un istante vicino a Grande-Occhio che la guardava con sguardo severo: non aveva gradito quella frase oscura, che indicava qualcosa di poco chiaro in atto. Ma Tenebrilla, indifferente, si rivolse ai due uomini:

"Avete udito? Principessa non vuole più saperne degli Uomini. Tornate, dunque, da dove siete venuti: dovevate aver cura di Lei quando ne avevate l'occasione.

Ormai è tardi e resterà qui con noi per sempre."

Poi spiccò un balzo, e raggiunse rapida il fratello e Principessa ormai completamente immersi.

Vincente era avvilito e amareggiato e non riusciva più a parlare.

Nero si rivolse a Grande-Occhio:

"Avete uno strano modo di ospitare Principessa. Credevo che in questo Stagno si insegnasse la saggezza, mentre mi accorgo, invece, che non avete neppure controllo su ciò che accade nello Stagno."

Grande-Occhio rispose sorpreso:

"Che volete dire?"

"A suo tempo capirete, quando ritorneremo."

Detto questo, Nero afferrò per un braccio Vincente e lo trascinò sulla via del ritorno, con Vento che li precedeva e Fulmine che, dopo aver ringhiato a Grande-Occhio, verso la cui specie nutriva ormai aperta ostilità, faceva da retroguardia.

Testabianca indugiò un attimo sul ramo, mentre Grande-Occhio e gli altri abitanti dello Stagno li guardavano allontanarsi, poi spiccò il volo, roteò intorno a tutto il perimetro dello Stagno, per accertarsi della situazione, e infine raggiunse Nero e gli altri al limitare del bosco, dove il sentiero dello Stagno si ricongiungeva con la strada maestra.

Tutti ripresero del via del ritorno in silenzio, mentre si avvicinava ormai la sera.

Ma Nero non aveva dimenticato quel lampo di luce negli occhi, così come la frase oscura di Tenebrilla. La notte, ne era sicuro, avrebbe portato consiglio.

XIII LA FUGA DI MUGHETTO

A Palazzo Reale, intanto, la notizia riferita dagli esploratori, che il Cavaliere Nero viaggiava solo, accompagnato da un cane e da un'aquila mai vista prima, aveva in parte tranquillizzato gli animi, già preoccupati per le sorti del Regno.

Con l'eclatante rinuncia al trono da parte della legittima erede e il licenziamento del Gran Ciambellano, la discordia fra le Reggenti si era aggravata, giacché nessuna era disposta a rinunciare al governo in favore dell'altra.

In secoli di esistenza del Regno, non si era mai verificato un caso simile, e c'era un vero e proprio vuoto legislativo.

Nessuno sapeva cosa fare, perché mai prima di allora si era verificato un simile vuoto di potere e, dunque, non esisteva alcuna legge in merito che potesse guidarli.

Il desiderio di potere, poi, è anche più forte, in certi individui, dei legami di parentela, e quasi nessuna tra loro si era preoccupata se fosse mai possibile far ritornare Principessa sulle proprie decisioni, anzi. Non se ne era in sostanza più parlato a Palazzo.

Ma qualcuno in quel Palazzo non l'aveva per nulla dimenticata: era Mughetto, l'inconfondibile gatto bianco e nero di Principessa.

Mughetto i primi tempi dopo la fuga di Principessa non aveva più voluto mangiare. Poi a poco a poco, il Giardiniere di Palazzo, che lo aveva visto crescere con la padroncina, con gentilezza e buone parole gli infuse la speranza che la padroncina sarebbe tornata, e Mughetto aveva ripreso a mangiare.

Mughetto passava tutto il giorno accoccolato su una finestra che guardava verso l'accesso principale del Castello, sperando di veder tornare Principessa. Ma i mesi passavano, e di Lei non vi era traccia.

Fu così che un giorno, ascoltando per caso i discorsi di alcune delle Reggenti, venne a conoscenza che un certo Cavaliere Nero era arrivato a Gomeviano. Sulle prime l'informazione non attirò la sua attenzione. Tuttavia la situazione cambiò quando uno degli informatori del Castello, una mattina, confermò loro che Nero e Vincente, l'ex Gran Ciambellano, erano partiti alla volta dello Stagno Incantato, con armi e provviste.

Mughetto, che tutti consideravano ormai un gatto vecchio e inutile, era invece vigile e intelligente e fu subito interessatissimo a questa novità: prese ad aggirarsi per il Palazzo a caccia di maggiori informazioni. E tanto girò e tanto ascoltò che, verso il primo pomeriggio dello stesso giorno, udì la più giovane delle Zie confidare al marito che si doveva assolutamente impedire il ritorno di Principessa al Castello.

Mughetto non fu in grado di udire di più perché una delle inservienti, vedendolo, lo cacciò via in malo modo. Tuttavia quanto aveva sentito era davvero grave. Ma lui, da solo, cosa poteva fare? E questi, che intenzioni avevano veramente?

Mughetto tornò pensieroso nel giardino, dove il vecchio Giardiniere continuava a coltivare con amore le rose rosse, le preferite di Principessa. Il Giardiniere lo vide accoccolarsi triste in un angolo del giardino, gli si avvicinò e lo accarezzò:

"Povero piccolo, ti manca tanto la tua padroncina? Eh, se non succede un miracolo…" e riprese borbottando a coltivare le rose.

Già, un miracolo.

Mughetto non sapeva cosa fare, ma sentiva con il suo sesto senso di gatto che un pericolo incombeva. Doveva fare qualcosa, ma cosa? E chi avrebbe dato ascolto a un vecchio gatto?

Fu con questi pensieri che si ricordò di aver sentito vociferare della presunta capacità del Cavaliere Nero di parlare con gli animali. Forse era l'unico modo per farsi ascoltare da qualcuno: doveva andare personalmente dal Cavaliere Nero.

C'era solo un problema: Mughetto dal Castello non era mai uscito. Dove poteva mai cercare il Cavaliere Nero? Lui non conosceva neppure la strada verso lo Stagno, e aveva sentito bene che era andato là.

Il cavaliere era partito con Vincente, l'ex Gran Ciambellano, padrone della Locanda della Torre Verde: forse andando lì poteva trovare informazioni. Non conosceva la strada fino alla Locanda, ma non doveva essere poi difficile, Gomeviano non era poi così grande.

Tanto pensò, e tanto ci ripensò, che alla fine decise di passare all'azione; vedendo un carro che usciva dal Castello portando vecchie masserizie, vi balzò sopra e si nascose dietro ad una cassa.

Il vecchio Giardiniere lo vide di sfuggita che era già sul carro: provò a chiamarlo, per farlo tornare indietro, ma il carro già varcava la porta principale incamminandosi verso il ponte levatoio e fu tutto inutile.

Una delle Reggenti, che si trovava nei pressi di una finestra del Palazzo, sentì strillare il Giardiniere e chiese spiegazioni. Il buon vecchio le rispose dal cortile che Mughetto era balzato su un carro ed era uscito dal Castello.

La risposta non lasciò adito a dubbi: pazienza, era libero di andare, tanto ormai non serviva più a nessuno, giacché Principessa non c'era più.

Il Giardiniere perplesso e dispiaciuto volse un ultimo sguardo al carro che già si dirigeva verso Gomeviano. Poi tornò scuotendo il capo al suo giardino.

Superate le porte d'ingresso a Gomeviano, Mughetto saltò giù dal carro prima che il padrone si accorgesse di avere un clandestino a bordo, e scrutò i tetti alla ricerca della bella Torre della Locanda: per fortuna era la più alta di Gomeviano, e Mughetto ne riconobbe le tegole verdi.

Facendosi forza, s'incamminò tra strade e vicoli sporchi, infangati e maleodoranti della città, cui non era abituato, verso la Locanda.

Non fu un viaggio facile: cani e gatti randagi, chi per gioco, chi per difendere il proprio territorio, lo inseguirono più volte, rallentando e allungando la sua marcia di avvicinamento; e fu solo verso tarda sera che giunse all'ingresso della Locanda.

Ma i guai non erano finiti: quando provò a entrare, uno degli avventori, ubriaco, nell'uscire gli diede un calcio, e lo fece rotolare in una pozzanghera. Mentre l'ubriaco lo irrideva, Mughetto, esausto e dolorante, oltreché a digiuno, si rifugiò nella stalla della Locanda.

Fu la sua fortuna. Vento lo vide entrare zoppicante, e sdraiarsi sfinito sulla paglia. Gli si avvicinò e disse, rivolto a Testabianca, che era appollaiata su di una trave:

"Guarda, Testabianca, questo povero micio ne ha passate davvero tante: è tutto sporco e maleodorante."

Testabianca scese e si rivolse a Mughetto:

"Da dove vieni così malridotto, piccolo amico?"

Mughetto sulle prime arruffò il pelo a difesa, e soffiò con le poche forze che gli restavano.

"Calma, piccolo" lo rassicurò Vento, "siamo amici: vogliamo solo aiutarti. Io sono Vento, e questa è la mia amica Testabianca. E tu, chi sei?"

Mughetto, sentendo la loro voce calma e amichevole, si lasciò andare sulla paglia sfinito e, con la poca voce che gli rimaneva, rispose con amarezza:

"Il mio nome è Mughetto e sono fuggito da Palazzo perché la mia padrona è in pericolo. Devo trovare assolutamente il Cavaliere Nero, ma ormai… ormai forse è tardi… ed io… io sono troppo stanco per cercarlo."

Testabianca scoppiò in una risata stridula, e anche Vento la seguì in coro: Mughetto, proprio il gatto di Principessa, era lì di fronte a loro.

Non capendo il perché delle loro risate, Mughetto li guardò e quasi si offese:

"Cosa ci trovate di divertente? La mia padrona è in pericolo, e voi… voi ridete di me?"

Mentre Testabianca cercava di smettere, Vento riprese il controllo e ribatté:

"No, no, piccolo amico: non stiamo ridendo di te, ma perché tu stai cercando il Cavaliere Nero…"

"E quindi?" disse Mughetto indispettito con un filo di voce, senza aspettare che Vento finisse la frase.

"E allora la tua ricerca è finita" disse bonariamente Testabianca. "Noi siamo i compagni del Cavaliere Nero. Egli è qui che riposa, alla Locanda. Siamo appena tornati da un lungo viaggio."

Mughetto ritrovò d'improvviso le forze, e benché dolorante cercò di rimettersi in piedi, ma una fitta alla zampa sinistra anteriore lo fece desistere.

"Fermo! Fermo, piccolo. Potresti avere qualche ferita. Ora Testabianca va a chiamare il nostro amico, così ti darà un occhio e intanto ci racconterai la tua storia. E' proprio il Destino che ti ha guidato fino a noi…"

Mughetto non capì, ma era rinfrancato all'idea che, dopo tutte le disavventure della giornata, Nero fosse lì, e non dovesse andare a cercarlo chissà dove.

Fuori era ormai notte fonda, e lui era dolorante, sporco e con i brividi di freddo: non ce l'avrebbe mai fatta da solo. Il Cielo era stato buono con lui.

Vento prese un po' di paglia e gliela pose sopra per tenerlo al caldo, e con il suo alito cercò di compensare l'aria umida e fresca della notte.

Nero arrivò di lì a poco con Vincente, portando un sacchetto con medicinali e bende.

Quando Vincente vide il gatto, lo riconobbe, gli si inginocchiò vicino e, accarezzandogli la testa, disse:

"Povero piccolo: che cosa ti hanno fatto?"

Mughetto era stanco, sfinito, ma riconobbe la voce e riuscì a dire:

"Principessa è in pericolo…" poi dallo sfinimento si lasciò andare e si addormentò.

Vincente e Nero, con tutta la delicatezza, lo fasciarono al meglio, per evitare che eventuali danni alla zampa potessero aggravarsi. Poi ripulirono Mughetto da capo a piedi.

Fu un bene che Mughetto dormisse, perché il sonno gli evitò di sentire il dolore durante la medicazione e la pulizia.

Quanto a Vincente, che non aveva mai sentito prima Mughetto parlare, non si stupì più. Ormai aveva compreso che a fianco di Nero doveva aspettarsi di tutto.

XIV NOTE DAL PASSATO

Quando l'indomani Mughetto riprese conoscenza, la prima cosa che fece fu mangiare.

Vincente gli portò carne fresca a pezzettini e una ciotola di buon latte appena munto. Mughetto non si fece pregare, e benché impedito dalla fasciatura alla zampa, fece sparire tutto in men che non si dica.

Nero, seduto in un angolo, guardava il gatto, assorto nei suoi pensieri. Era rimasto a vegliarlo tutta la notte, con Vento, Fulmine e Testabianca, mentre Vincente era andato a riposare, stanco e ancora demoralizzato dal pesante insuccesso del giorno prima allo Stagno.

Mughetto, ristorato, sentì ritornare un po' di energia, nonostante il dolore alla zampa fasciata, che fortunatamente era meno intenso del giorno precedente. Guardò Nero, e lui annuì:

"Bene, Mughetto, amico mio: mi sembra che abbiamo qualcosa, o meglio qualcuno, in comune di cui preoccuparsi" disse sorridendo.

Mughetto inclinò la testolina squadrando Nero da capo a piedi, sotto lo sguardo quasi divertito dei suoi amici.

Vento, che lo vedeva ancora titubante, lo incitò:

"Su, coraggio. Il Cavaliere Nero che cercavi è qui di fronte a te, e siamo tutti pronti ad ascoltare la tua storia."

Mughetto prese coraggio, e raccontò, con calma e dovizia di particolari, cosa era successo a Palazzo da quando la Regina era morta e dalla fuga di Principessa alle lotte di potere. E via via raccontò fino agli eventi del giorno prima, quando aveva udito che la Zia più giovane non voleva il ritorno di Principessa; e raccontò della sua decisione di scappare per trovare Nero e chiedergli aiuto, perché sentiva che la padroncina era in pericolo.

Nero restò in silenzio, mente Testabianca commentò:

"Nessuna meraviglia che quella ragazzina sia rimasta nello Stagno: se queste sono le premesse, chi rimarrebbe in quel Palazzo…"

"Dimentichi che quella ragazza è trattenuta contro la sua volontà: non hai notato nulla? Sembrava un automa" ribatté Vento.

"Sono d'accordo: è colpa di quei dannati ranocchi… Saggi un corno: quel Grande-Occhio me lo mangerei a colazione…" ringhiò Fulmine.

I tre andarono avanti per un po' a controbattere l'uno con l'altro, mentre Nero taceva.

Anche Mughetto ascoltava taciturno, perché non capiva tutto quello che si stavano dicendo. Di certo avevano visto la sua padroncina, ma non riusciva ad afferrare il senso di tutto il resto e le fitte di dolore, che ogni tanto ancora aveva alla zampa, non lo aiutavano a concentrarsi.

Vincente, che dopo colazione era tornato a badare alla Locanda, entrò con il pranzo, così smisero di parlare e mangiarono tutti insieme con grande appetito; poi, mentre

Vincente controllava il bendaggio di Mughetto, Nero restò solo con i suoi pensieri: cercava di mettere al suo posto tutte le tessere del mosaico che aveva nella testa.

Fulmine, vedendolo preoccupato, gli chiese di condividere i suoi pensieri con tutti, e Nero non si fece pregare:

"Il fattore tempo nella nostra missione è cruciale: se a Palazzo tramano per impedire il ritorno dell'erede al trono, più tempo perdiamo, e maggiori saranno le probabilità di successo per i nostri avversari. Dobbiamo giocare d'anticipo."

Vento obiettò:

"Ma Principessa è evidentemente sotto influenza di qualche incantesimo oscuro, che ne condiziona la volontà. Come dicevo prima, sembrava un automa…"

Fulmine, che aveva decretato ormai indigesti tutti i ranocchi, sentenziò:

"Per me è colpa di tutti quei dannati ranocchi…"

Nero riprese il suo pensiero:

"Non possiamo accusare tutti gli abitanti dello Stagno. E' possibile che i Custodi non abbiano compreso la verità; o forse lo intuiscono, ma il fatto che non intervengano indica che non sono interessati a cambiare le cose, per qualche loro convenienza. Quindi non possiamo fare affidamento su di loro. Del resto, è sufficiente ripensare a come si sono comportati di fronte alle risposte di Principessa.

Ormai è chiaro che gli accompagnatori di Principessa, quel Testagrande e la ranocchia Tenebrilla, controllano in qualche modo oscuro Principessa. Quella Tenebrilla l'ho sentita chiaramente pronunciare un qualcosa d'indecifrabile, forse una formula magica, quando Principessa sembrava aver ripreso un briciolo di volontà nel sentire nominare Mughetto."

Vincente pensò di aver capito:

"Allora la chiave potrebbe essere il nostro Mughetto: se il ricordo del gatto a Lei così caro, ha acceso i suoi occhi come la sua volontà, allora c'è ancora qualcosa di umano in Lei, una speranza."

Testabianca obiettò:

"Ma potrebbe non bastare. Se Tenebrilla è nei paraggi mentre cerchiamo di recuperare Principessa usando Mughetto, potrebbe sempre neutralizzare il nostro tentativo con qualche altra diavoleria."

Nero annuì:

"Dobbiamo ricorrere a qualcosa di più forte ancora. Qualcosa legato alla sfera degli affetti più intenso dell'affetto verso il gatto: in questo modo il richiamo alla sua volontà umana sarebbe più forte."

"Già, ma... cosa può esserci di più forte?" chiese Fulmine.

"In condizioni normali avrei suggerito la madre o il padre, ma Principessa è orfana" meditò a voce alta Vento. "E anche la nonna è morta e sulle Zie non possiamo contare per altre ragioni, quindi cosa possiamo inventarci?"

Mughetto, che era rimasto in silenzio ad ascoltare, intervenne:

"Io mi ricordo che molte volte, quando era sola, Principessa si metteva alla finestra, guardava il cielo e intonava una vecchia ninna-nanna che le cantava sua madre quando era piccola. Doveva essere una canzoncina molto cara, perché mi ripeteva sempre che le ricordava la mamma, di cui aveva solo un vago ricordo.

La madre è morta di malattia quando Principessa era molto piccola, e quella canzoncina la aiutava a ricordarla."

Nero fu come folgorato all'idea:

"Ma certo: ecco la chiave che ci serve per tentare di riportarla indietro!"

"Chiave? Quale chiave?" chiese Vincente.

Nero si alzò in piedi eccitato e rispose sorridendo a tutti:

"La ninna-nanna della madre!" e strinse il pugno sinistro in segno di vittoria.

"Vincente, hai della carta per scrivere?" disse rivolto all'uomo: questi annuì e corse a prenderla eccitato all'idea di poter salvare Principessa. Poi Nero s'inginocchiò davanti al gatto:

"Mughetto, sei in grado di ricordarla? Dobbiamo ricostruirla il più fedelmente possibile, in modo da poterla usare per tentare di salvare la tua padroncina."

Mughetto chiuse gli occhi per qualche minuto, concentrandosi; poi iniziò a cantare a memoria quella canzoncina proprio mentre Vincente tornava con l'occorrente per annotare le parole.

Nero si mise subito al lavoro, scrivendo le strofe sotto lo sguardo attento di tutti, mentre Mughetto piano piano cantava, ogni tanto interrompendosi quando aveva qualche dubbio sulle parole: era da molto che non la sentiva e ogni tanto la memoria lo tradiva, invertendo parole o strofe. Ma Nero, pazientemente, lo aiutava a ricordare poiché anche lui ne aveva sentita da giovane una simile.

Impiegarono tutto il pomeriggio a ricostruirla in modo corretto, ma verso sera il testo della ninna-nanna era pronto.

Ora cominciava la parte più difficile: tutti i presenti dovevano impararsi il testo per bene, per poterlo cantare insieme quando sarebbero stati allo Stagno. Era chiaro a tutti, infatti, che non sapevano cosa avrebbero dovuto affrontare allo Stagno Incantato, e se anche uno solo fosse stato impossibilitato per qualsiasi ragione, gli altri avrebbero dovuto proseguire nell'impresa fino in fondo.

Era molto tardi, ormai, e decisero quindi di rimandare alla mattina dopo: cenarono, tutti soddisfatti del lavoro, e poi andarono a riposare.

Il nuovo giorno sarebbe stato molto impegnativo, per prepararsi al meglio alla sfida che li attendeva.

XV IL CANTO DELLO STAGNO

Era ormai pomeriggio inoltrato quando Nero, Vincente e gli altri affrontarono il sentiero che conduceva allo Stagno Incantato.

Mughetto, per evitare che forzasse la sua zampa bendata, era stato messo in una tasca della sacca agganciata alla sella di Vento, e con la testa sporgeva sul lato destro davanti alla gamba di Nero.

Il gatto non era mai stato allo Stagno ed era impaziente di rivedere la sua padroncina ma, allo stesso tempo, cercava di pensare a cosa avrebbe fatto se il piano di Nero non avesse funzionato.

Nero, invece, era ottimista sulla riuscita dell'impresa, mentre Vincente si era lasciato contagiare, anche restava dubbioso su cosa avrebbero dovuto affrontare.

Fulmine, dal canto suo, non era del tutto convinto della fattibilità dell'impresa. Vento e Testabianca erano pratici e non si erano posti domande, fidando dell'intuito di Nero: al più si sarebbero regolati sul momento.

La scelta di partire il pomeriggio non era stata casuale: innanzitutto, imparare la ninna-nanna di Principessa aveva richiesto più tempo del previsto; poi Testabianca aveva fatto notare che, con l'avvicinarsi della sera, ranocchie, rane e rospi dello Stagno Incantato avrebbero incominciato a ritirarsi nelle loro tane in attesa della notte, dando loro un discreto vantaggio.

Quando furono a una certa distanza dallo Stagno, però, Nero fermò tutti. Fece un segno a Testabianca di fare un volo di ricognizione, cercando di non farsi notare dagli abitanti dello Stagno. Poi, indicò a tutti di parlare sotto voce. Ora, il più piccolo rumore avrebbe potuto rivelare la loro presenza prima del previsto, e compromettere ogni vantaggio.

Avanzarono al passo ancora poche centinaia di metri, poi Nero alzò la mano destra e fermò tutti, facendoli allontanare dal sentiero ed entrare in una piccola radura poco distante.

Testabianca tornò indietro facendosi strada tra i rami fitti del sottobosco vicino allo Stagno, e fece segno che la strada era libera: non c'era nessuno in vista sul bordo dello Stagno. Nero bisbigliò agli altri:

"Vincente, tu con il tuo cavallo e Vento, restate qui a coprirci le spalle. Occhi aperti! A quello che viene dallo Stagno penseremo io e Fulmine, ma alle nostre spalle la sicurezza è affidata a voi: non sappiamo cosa aspettarci dal Palazzo."

Mughetto, dalla sacca della sella, protestò:

"Ed io? Mi lasciate qui con loro?"

"No, amico mio: te la senti di venire con me? Ti porterò a spalla fino al bordo dello stagno, poi resterai a fianco di Fulmine: tu e la ninna-nanna siete le armi con cui proveremo a riprenderci Principessa."

Mughetto si sentì pieno di energia: la zampa quasi non gli dava più fastidio, e la sola idea di poter contribuire all'impresa lo inorgogliva fin nel profondo, e ogni dubbio sembrava essere sparito. "Sono pronto" mormorò senza esitazione.

Nero ricordò le istruzioni convenute:

"Testabianca, tu precedici al bordo dello Stagno, poco a sinistra della fine del sentiero: e tieni gli occhi aperti su quel lato.

Fulmine, tu e Mughetto sorveglierete il lato destro mentre io agirò sullo Stagno per allontanare le acque torbide dalla superficie e richiamare l'attenzione di Principessa."

Ma Vincente obiettò dubbioso:

"E se i Custodi se ne accorgono?"

Nero rispose:

"Ci regoleremo sul momento, ma non saranno i Custodi o qualche altra ranocchia a fermarmi. Questa volta si va fino in fondo, con le buone... o con le cattive. Cercherò di evitare problemi o litigi, ma non sarò io a fermarmi se qualcuno si metterà in mezzo, non richiesto!"

Lo sguardo risoluto di Nero valse più di ogni risposta, per convincere Vincente delle sue intenzioni.

Nero si accomodò sulle spalle Mughetto intorno al collo, come uno scialle, afferrò una sacca dalla sella di Vento con la mano sinistra e poi pose la mano destra sulla spalla di Vincente per incoraggiarlo:

"Tu bada alle nostre spalle: e non intervenire, anche se senti il finimondo. La nostra sicurezza in retroguardia dipende da te: in caso di bisogno, Vento farà da staffetta, e mi avviserai tramite lui."

Vincente annuì, ma sentì dentro di se crescere l'agitazione: ce l'avrebbero fatta in tempo?

Il sole era ancora alto, ma ormai prossimo alle cime delle montagne, e la notte era rapida a scendere, dopo il tramonto; e il bosco attorno allo Stagno non era il luogo migliore dove aggirarsi di notte. Vincente non espresse oltre i suoi dubbi mentre Nero spariva velocemente dalla vista in direzione dello Stagno.

Nero avanzò in assoluto silenzio, cercando di ridurre al minimo ogni fruscio. Quando arrivò ai margini dello Stagno, si inginocchiò e fece un cenno con il capo a Fulmine, mentre appoggiava a terra Mughetto, perché entrambi si portassero leggermente alla sua destra, verso il bosco.

Testabianca, nel frattempo, si era fermata di vedetta su di un ramo che la nascondeva alla vista, ma dal quale aveva un'ottima visuale su tutto il bordo sinistro dello Stagno.

Nero frugò nella sacca che aveva portato, e ne estrasse una verga d'argento, finemente cesellata e terminante con un manico in legno di quercia, anch'esso finemente lavorato. La legò saldamente in cima a un lungo bastone che aveva portato con sé, poi si guardò velocemente intorno: tutto sembrava tranquillo, nessuno pareva essersi accorto della loro presenza.

Mughetto era però inquieto: il suo sesto senso felino gli diceva che era tutto *troppo* tranquillo. Guardò Fulmine, ed anche lui, teso, annusava l'aria come a cogliere ogni piccolo segno di pericolo.

C'era una strana atmosfera e perfino la solita nebbiolina, che aleggiava sullo Stagno, si era diradata e i raggi del sole colpivano liberi la superficie immobile dell'acqua intorbidita.

Era il momento, non ne avrebbero più avuto un altro migliore.

Nero immerse nello Stagno tutta la parte d'argento della bacchetta e, facendo leva sul bastone, la mosse lentamente in senso orario nell'acqua, tracciando un cerchio di circa un metro di diametro. Nello stesso momento, iniziò a intonare la ninna-nanna insegnatagli da Mughetto.

L'argento vivo della bacchetta iniziò quasi subito a fare effetto, purificando l'acqua all'interno del cerchio dal putridume e dai residui vegetali. L'acqua, divenuta in quel punto più limpida, lasciò passare i raggi del sole fino in profondità.

Anche Fulmine dopo qualche istante si accodò in coro, mentre Mughetto rimase con i sensi all'erta: il disagio che provava non gli consentiva di cantare come avrebbe voluto.

Passarono pochi minuti, mentre il sole si avvicinava sempre più alle cime delle montagne, quando un movimento nell'acqua attirò l'attenzione di Nero verso la cima della bacchetta che ancora roteava nell'acqua. Nero, continuando a cantare, ritrasse la bacchetta e portò istintivamente la mano destra alla spada.

In quel momento comparvero prima i capelli, poi la testa, infine emerse fino al collo una fanciulla: era Principessa.

Nero la fissò negli occhi persi nel vuoto, il viso una maschera di stupore.

Nero continuò a cantare insieme a Fulmine che restava guardingo, mentre Mughetto, alla vista della padroncina, le corse incontro fino al limitare dell'acqua, e la chiamò a bassa voce, rotta dall'emozione:

"Padroncina, Principessa, sono Mughetto, Vi ricordate di me? Uscite dallo Stagno, padroncina mia, prima che arrivino i rospi malvagi!"

Alla vista di Mughetto la fanciulla silenziosa avanzò lentamente nell'acqua verso la riva e verso di loro, mentre una lacrima sfuggiva dai suoi occhi.

"Padroncina, Principessa, sono Mughetto. Uscite dallo Stagno, presto! Presto!" incitava Mughetto alzando la voce sempre più agitato.

Nero indietreggiò leggermente per farle spazio, continuando a cantare dall'inizio alla fine, senza sosta, la ninna-nanna, con voce calma e senza perder di vista lo sguardo di Principessa, che tradivano la lotta in corso dentro di lei: gli occhi non erano più spenti come la prima volta che l'aveva vista, e la presenza di Mughetto stava sortendo l'effetto desiderato.

Giunta alla riva, mentre la sua veste, lacera, si asciugava, s'inginocchiò davanti a Mughetto, si chinò su di lui e lo accarezzò sulla testa, mentre Mughetto la invocava ormai a gran voce cercando di scuotere la sua padrona dal torpore che la teneva prigioniera:

"Padroncina, padroncina mia!"

Poi, caduta di schianto la barriera che la bloccava, Principessa scoppiò a piangere, sollevò Mughetto tra le sue braccia stringendolo forte a sé, mentre Nero continuava a cantare, avvicinandosi a lei alla sua destra.

Principessa, fra le lacrime, si unì inconsciamente al canto, mentre il piccolo Mughetto, quasi soffocato dall'abbraccio della sua padrona, era così felice che dimenticò del tutto la situazione di pericolo in cui si trovavano.

XVI Battaglia sulla riva

Chi non si era distratta fu Testabianca, che si avvide di un movimento sospetto ai bordi dello Stagno e aguzzò la vista.

Anche l'istinto canino di Fulmine avvertì il pericolo: smise di cantare, avvisando così indirettamente Nero; poi, digrignò i suoi denti verso un arbusto poco lontano sulla riva, da dove sentiva provenire il pericolo.

Vistisi scoperti, fecero la loro comparsa Testagrande e altri trenta rospi, grossi come lui. Il loro atteggiamento minaccioso e le spine velenose da loro impugnate non lasciavano adito a dubbi su quale fosse il loro intento.

Nero lasciò cadere il bastone con la verga d'argento e sguainò la spada, ponendosi in posizione di guardia tra Fulmine e Principessa che, ignara del pericolo, continuava a piangere e a cantare tra le lacrime la sua ninna-nanna. Mughetto, stretto tra le braccia della padroncina, dalla felicità non si era ancora reso conto del pericolo.

"Come hai osato tornare allo Stagno? Principessa è nostra, e resta con noi!" disse Testagrande mentre avanzava verso Fulmine, incurante del ringhiare del cane.

"No, rospo: Principessa è un essere umano, e torna tra gli Uomini, sul trono che Le spetta" replicò Nero senza mezzi termini, roteando leggermente la spada.

"Puoi scegliere di ritirarti, o pagare le conseguenze della tua arroganza e del tuo crimine", continuò.

"La vedremo!" rispose Testagrande, che fece un segno a uno dei suoi compari. Altri trenta rospi comparvero alle spalle di Nero, dal lato del sentiero, anch'essi armati con spine velenose.

Era ormai chiaro che stavano aspettando il suo ritorno allo Stagno, e si erano attrezzati per l'evenienza.

Fulmine di fronte alla nuova minaccia indietreggiò leggermente verso Nero, continuando a ringhiare.

La manovra a tenaglia non era però sfuggita a Testabianca, che dall'alto vedeva ogni mossa con chiarezza. E fu ancora Testabianca ad accorgersi che, approfittando della distrazione di Nero mentre questi parlava con Testagrande, Tenebrilla si stava avvicinando di soppiatto verso Principessa dalla destra della ragazza, fuori dalla vista del cavaliere. Testabianca comprese subito che Tenebrilla voleva riprendere il controllo di Principessa con qualche maleficio.

Anche Mughetto avvertì il pericolo alla destra della sua padroncina, e iniziò a soffiare in modo minaccioso.

Principessa si scosse e, volgendo il capo alla sua destra, vide Tenebrilla. I loro occhi s'incrociarono, ed era proprio quello che la piccola strega si aspettava e desiderava. Tenebrilla la fissò nelle pupille e intonò una formula oscura, tracciando strani segni nell'aria con una delle zampe anteriori. Ma non riuscì a finirla: gli artigli di Testabianca, calata in picchiata dal ramo, le penetrarono i fianchi, strappandole un urlo di dolore, mentre l'aquila, con un potente colpo d'ali, si rialzava velocemente in volo e, presa velocità, la lasciava cadere alle spalle dei rospi, facendola sbattere contro il tronco di una quercia.

Nero, vista la manovra e compreso istintivamente il pericolo, estrasse con la mano sinistra il pugnale e lo lanciò con tutta la forza contro la quercia: qui si conficcò nel tronco, bloccando con la lama Tenebrilla, la testa verso l'alto, in modo che riusciva a malapena respirare, ma non poteva più liberarsi senza rischiare di tagliarsi da sola a metà, né guardare negli occhi alcuno per ipnotizzarlo con i suoi malefici.

Testagrande, inferocito dal fallimento del suo piano, e alla vista di sua sorella finita a mal partito, diede il segnale, e tutti i rospi si lanciarono contro Nero e gli altri, attaccandoli da tutte le parti.

La battaglia era furibonda: i rospi cercavano di mordere o di infilzare i nostri amici con le loro spine velenose, contenenti un veleno doloroso che intorpidiva la parte colpita, facendone perdere il controllo; ma che iniettato in gran quantità era anche mortale.

Da parte loro, Nero, Fulmine e Testabianca, invece, si difendevano duramente, cercando di non fare vittime: Nero usava il lato piatto della spada per stordire e far cadere i rospi o sulla riva o nell'acqua; Fulmine usava i suoi artigli per dissuaderli con graffi seri ma non mortali, mentre Testabianca interveniva su quelli che cercavano di colpire i suoi amici alle spalle.

Testagrande, deciso a riprendersi la "sua" Principessa, concentrò, con alcuni fedelissimi, gli attacchi contro Nero: anche perché il tramonto era iniziato, e la notte era ormai di lì a venire.

Mughetto, invece, restava a fianco di Principessa, badando che nessuno si avvicinasse.

Principessa, che stava tornando in sé, al vedere i rospi attaccare con ferocia Nero, si spaventò a morte.

Alcuni rospi, scagliati via dalla spada di Nero, le caddero accidentalmente davanti, altri le passarono vicino al viso: piovevano rospi da ogni parte!

La furia dei rospi era tale, che i suoi nervi cedettero: si alzò di scatto e scappò dapprima lungo la riva dello Stagno e poi, spaventata e senza meta, si gettò nel fitto bosco e scomparve alla vista.

Mughetto, colto di sorpresa, lanciò un urlo a Nero:

"Nero! Principessa sta scappando nel bosco!"

Nero, liberatosi da un altro assalitore, guardò giusto in tempo per vedere la ragazza sparire fra gli alberi, e ordinò:

"Fulmine! Mughetto! Inseguitela e badate a lei. Qui bastiamo Testabianca ed io."

Cane e gatto si lanciarono subito insieme all'inseguimento della fanciulla. Nonostante la zampa fasciata, Mughetto non sentiva più alcun dolore: la sua priorità era ora salvare la sua padroncina.

Testagrande, furioso nel veder sfuggire la sua preda umana, e credendoli in ritirata, diede un altro assalto a Nero, meditando di inseguire e recuperare poi Principessa.

Senza più Fulmine a riparargli il fianco destro, Nero rimase esposto all'attacco dei rospi: uno di questi, di nome Testanera, lo ferì con la spina avvelenata all'avambraccio destro.

Nero lanciò un urlo rabbioso di dolore, proprio mentre stava calando la spada per difendersi. Le mani lasciarono la spada istantaneamente, e questa, per inerzia, prese a roteare con violenza verso lo Stagno.

Proprio in quel momento Testagrande aveva spiccato il balzo per attaccare Nero di fronte, e fu investito in pieno dal taglio della lama: la spada, colpitolo, lo trascinò nelle profondità dello Stagno, e scomparve con esso.

Testabianca protesse da alcuni attaccanti Nero, mentre questi con la mano sinistra si strappava via la spina avvelenata; poi, Nero raccolse il bastone su cui era ancora legata la verga d'argento, pronto a difendersi con la sola mano sinistra, mentre la destra già intorpidiva, ma non ci fu bisogno di combattere oltre.

Visto il loro capo sparire nelle ormai buie acque dello Stagno, con il sole ormai tramontato ed il buio che cominciava a calare sullo Stagno, gli attaccanti persero ogni velleità di continuare, e scomparvero ritirandosi disordinatamente in un batter d'occhio.

Sul terreno rimasero alcuni rospi ancora storditi, e Tenebrilla incastrata ancora tra la quercia e l'affilato pugnale di Nero.

Nero non perse tempo a recuperare pugnale o spada ma, ancora dolorante e con la destra sempre più intorpidita, si diresse con la fedele Testabianca alla radura dove aveva lasciato Vincente e Vento.

Ora la sua priorità era ritrovare Principessa fuggita. Dopo tanta fatica per liberarla dallo Stagno, l'ultima cosa che poteva permettersi era perderla per qualche cattivo incontro dentro il bosco.

XVII UN BOSCO PERICOLOSO

La notte era calata sul bosco e Vincente era sempre più inquieto: fino a poco prima aveva sentito urla e strepitii, poi d'improvviso era calato il silenzio.

D'un tratto, sentì lo scricchiolio di rami calpestati alle sue spalle e, d'istinto, si girò puntando la spada verso l'aggressore. Poco mancò che infilzasse Nero barcollante dopo aver inciampato su di una radice.

"Che cosa è successo? Dove sono gli altri? E Principessa? Dov'è Principessa?" chiese Vincente agitato, vedendo Nero che si teneva il braccio destro, ferito e macchiato di sangue.

"Principessa è libera: Fulmine e Mughetto la stanno inseguendo nel bosco. Purtroppo i rospi ci hanno attaccato, e lei è scappata via spaventata" spiegò Nero ansimante.

"Aiutami un attimo… mi metto un unguento sulla ferita, come antidoto al veleno, e poi cerchiamo di raggiungerli."

"Veleno? Ti hanno avvelenato?" si spaventò Vincente, nel timore di restare solo in quel luogo.

"Hanno usato delle spine con un veleno che brucia maledettamente, e paralizza la parte colpita. Quasi non sento più la mano, e ho perso anche la spada..." disse Nero, mentre estraeva dalla sella di Vento una boccetta con l'unguento.

Nero ordinò a Testabianca di precederli in ricognizione, nella speranza che, dall'alto, riuscisse a individuare la direzione presa da Principessa e dagli altri che la seguivano.

Poi, mentre l'aquila partiva in missione, si rivolse a Vincente: questi strappò la manica del braccio ferito, pulì via il sangue e cosparse di unguento la parte intorpidita e gonfia; poi fasciò velocemente il braccio di Nero in attesa che l'antidoto facesse effetto.

Riposti unguento e verga d'argento nella sacca della sella di Vento, i due uomini accesero insieme delle torce e si addentrarono a piedi nel fitto bosco: Vincente con la spada e il suo cavallo, l'altro col solo bastone e Vento a fare da apripista nella direzione dove si presumeva Principessa si fosse addentrata nella foresta.

Vincente era preoccupato: Principessa non aveva torce né tantomeno abiti adatti al freddo della notte; e nei boschi si aggiravano predatori molto pericolosi. Avrebbe preferito affrettare il passo ma Nero, più esperto e saggio, avanzava guardingo.

Testabianca non era ancora tornata dal volo di ricognizione, segno che non aveva ancora trovato Principessa. E non era un buon segno.

Il tempo sembrava scorrere lentamente nel buio del bosco.

Vincente e Nero persero, dopo un po', la cognizione del tempo: l'ansia di ritrovare Principessa li teneva impegnati mentalmente e attenti ad ogni piccolo rumore.

Vento cercava di mantenere la direzione, attraverso la fitta trama della foresta: ma se aveva difficoltà lui, figuriamoci una ragazza spaventata in fuga.

A un certo punto Vento si bloccò: aveva sentito in lontananza un latrato di Fulmine; poi udì l'inconfondibile stridio d'attacco di Testabianca, e si girò verso Nero. Ma anche Nero li aveva sentiti, e il sottofondo di ringhi e ululati lasciò poco spazio all'immaginazione: lupi!

Vincente e Nero, armi e torce in pugno, si lanciarono in avanti verso la radura, da dove provenivano gli ululati.

Giunsero appena in tempo per impedire che alcuni lupi avessero la meglio su Fulmine, ferito e con la bava alla bocca per la fatica del nuovo combattimento.

Principessa era a terra tremante e spaventata, e stringeva a se il suo caro Mughetto che cercava di sembrare molto più grande, con il pelo arruffato ed il corpo inarcato a sua difesa.

Dal canto suo Testabianca, sfruttando i suoi forti artigli e il suo becco acuminato, infliggeva dolorose ferite agli aggressori, sollevandoli e colpendoli sul capo col becco, per poi scaraventarli contro i tronchi degli alberi.

La vista delle armi e del fuoco dei nuovi arrivati scoraggiò il gruppo di lupi, che si ritirarono nell'oscurità.

Per esperienza, Nero sapeva che quella doveva essere solo l'avanguardia di un branco ancora più numeroso e richiamò con un fischio Vento, perché li raggiungesse con il cavallo di Vincente.

"Finalmente sei arrivato!" sospirò Testabianca; "quando li ho trovati, erano già stati circondati, e sono dovuta restare per aiutarli."

Nero annuì in segno d'approvazione e si chinò verso Principessa:

"Vostra Altezza, non abbiate più alcun timore: il peggio è passato. Ora che ci siamo riuniti sapremo difenderci meglio."

Si slacciò il mantello nero, e lo pose intorno alle spalle della ragazza, per proteggerla dall'umidità della notte e della foresta.

Principessa se lo strinse addosso, con Mughetto tra le gambe, e lo guardò smarrita dalla paura: troppe emozioni, in una sola notte.

Vincente si avvicinò, s'inginocchiò al suo fianco e lei lo riconobbe. Vincente le sorrise senza riuscire a proferir parola: il cuore dell'uomo era così gonfio di gioia per averla ritrovata, da non riuscire a trovare parole adatte, mentre ancora erano in una situazione precaria.

Vento li raggiunse con l'altro cavallo e, con Nero e Fulmine, si sistemarono in cerchio attorno a Principessa, con i sensi ben all'erta.

Testabianca, su di un alto e comodo ramo, sorvegliava le vicinanze, rischiarate dal fuoco delle torce che Nero accese e dispose tutto intorno a formare un perimetro di fuoco.

Poi, con alcuni rami spezzati trovati all'intorno, Nero accese rapidamente anche un focolare, per scongiurare il freddo della notte e utile, all'occorrenza, per difendersi dai lupi. Perché era certo che questi sarebbero presto tornati alla carica.

Principessa si raggomitolò sul fianco destro nel mantello di Nero, strinse a se Mughetto, chiuse gli occhi al tepore del focolare e, dopo qualche minuto, si addormentò profondamente, con Vincente che la guardava bonariamente con gli occhi lucidi.

Nero diede un occhio veloce ai due e annuì rivolto a Vincente: era un bene che Principessa riposasse, perché era stremata e sarebbe stato impossibile muoversi di notte nella foresta, fitta e piena di lupi in cerca di prede. Si guardò la mano destra: l'antidoto stava finalmente cominciando a fare effetto, e sentiva un leggero formicolio. Non riusciva ancora a muoverla bene, ma piano piano ne stava riacquistando l'uso.

Poi, con il suo fido bastone in mano, prese a girare attorno al cerchio creato con le torce, sostituendo via via quelle esaurite, mentre Vincente si preoccupava di mantenere vive le fiamme del focolare.

Passò quasi un'ora prima che nuovi e più numerosi visitatori si facessero annunciare da un lugubre corale ululato, che risuonò nella foresta con un'eco sinistra.

XVIII Una visita inattesa

Il sinistro ululato svegliò Mughetto e fece accapponare la pelle a Vincente, che si alzò di scatto davanti a Principessa che invece, sfinita dalla stanchezza, restò assopita.

I lupi emersero dalla boscaglia e si disposero tutto intorno al cerchio di fuoco creato da Nero: erano davvero tanti, e le fiamme non sembravano intimorirli più di tanto.

Nero mosse con il bastone contro i più audaci che si avvicinavano ringhiando, indietreggiavano e tornavano alla carica. Anche Vincente prese a imitarlo, ma il capobranco, mentre i due uomini erano impegnati sui fianchi, con un balzo si portò avanti e strappò con violenza una delle torce gettandola a terra.

Fulmine, accortosi del pericolo, lo affrontò a muso duro finché Nero intervenne tempestivamente colpendo il capobranco sul muso con il bastone: il lupo, dolorante, fu costretto a indietreggiare, e Nero approfittò del momento per sostituire la torcia divelta.

Ma all'esempio del capo, altri del branco presero a imitarlo, cercando di strappare le torce a morsi e, per quanto fossero più timorosi di fronte al fuoco, la situazione si stava facendo davvero critica.

La situazione di stallo durò poco: dopo molti tentativi e fallimenti, i più coraggiosi attaccarono insieme e riuscirono a spezzare in più punti la barriera di fuoco, e il branco riuscì a penetrare il cerchio.

Fulmine graffiava e mordeva, Vento colpiva con gli zoccoli, Vincente menava fendenti con la spada e Nero picchiava col bastone nel tentativo di respingerli, mentre Testabianca li artigliava dall'alto e li faceva cadere contro le piante. Ma per uno che era respinto, altri due ne prendevano il posto spuntando da ogni parte, incuranti delle perdite.

Quando ormai, con la stanchezza della lotta e la ferocia degli assalitori, tutto sembrava perduto, un improvviso ruggito risuonò in tutta la foresta.

Vincente, colpito un lupo, rabbrividì e guardò Nero smarrito: quale altro pericolo stava avvicinandosi?

Nero, liberatosi da un aggressore, ricambiò lo sguardo di Vincente, poi si volse verso la nuova minaccia. Anche i lupi esitarono un attimo: poi, un ruggito ancor più forte e un avvicinarsi di rami spezzati fece esitare anche i lupi.

Vincente fu preso dal panico e indietreggiò verso Principessa, che ancora dormiva, ignara della minaccia, mentre Mughetto si era messo in posizione d'attacco a difesa della padroncina.

Nero invece restò al suo posto, con un occhio ai lupi e un altro rivolto al nuovo pericolo che si avvicinava.

Ed ecco che, dal buio della foresta, emerse un enorme orso bruno che si erse minaccioso in tutti i suoi due metri di altezza, poi caricò e con due zampate scaraventò i lupi a lui più vicini verso gli alberi e con un altro ruggito ammonì gli altri lupi.

I lupi, di fronte al loro più temibile avversario, indietreggiarono ringhiando ma, alle spalle dell'orso, comparvero anche due grossi cuccioli, di oltre un metro, che si affiancarono minacciosi a quella che, evidentemente, era la loro madre.

Alla fioca luce delle poche torce rimaste nel terreno, Nero riconobbe improvvisamente la cicatrice che segnava il muso della loro inattesa soccorritrice:

"Brunella!" esclamò sollevato.

L'orsa per tutta risposta, strizzò l'occhio a Nero e ruggì nuovamente contri i lupi, che tentarono un assalto in gruppo al nuovo nemico. Per tutta risposta, l'orsa e i suoi cuccioli si rizzarono sulle zampe posteriori e, a suon di zampate e artigli, si fecero largo verso il capobranco.

Nero si unì agli orsi nella sortita contro il capobranco e riuscì a colpirlo duramente al muso, costringendolo a indietreggiare.

Dolorante e inferiorità di forze, il capobranco si gettò in ritirata nella foresta, subito seguito dai lupi superstiti ancora in piedi. Per i lupi la battaglia era ormai persa.

Vincente assistette paralizzato dalla paura e Vento, vedendolo, lo irrise nitrendo divertito:

"Puoi abbassare la spada, è un'amica."

"Una… un'amica?" chiese lui deglutendo a fatica.

Nero si avvicinò all'orsa tranquillamente e Mughetto, tranquillizzatosi per la sparizione dei lupi, osservò incuriosito:

"Accidenti, è bella grossa, questa vostra amica…"

"Già, ed è arrivata proprio al momento giusto… " aggiunse Fulmine.

Nero abbracciò la sua amica orsa, che ricambiò con un mormorio profondo di approvazione davanti ai suoi cuccioli, che guardavano ammirati.

"Non potevi scegliere momento migliore per entrare in scena, amica mia..." disse Nero con gratitudine.

"Gli amici servono anche a questo, non è vero?" osservò Brunella. "E quel giorno che mi salvaste la pelliccia dai cacciatori, ho contratto un debito che speravo in cuor mio di poter ripagare un giorno... ora, siamo pari..."

Nero guardò i cuccioli, e replicò sorridendo:

"Beh, vedo che, dall'ultima volta, la famiglia è un po' cresciuta..."

Brunella chiamò accanto a se i cuccioli:

"Sì, e sono diventati grandi: a primavera saranno dei bravi orsi indipendenti" disse con orgoglio di madre.

"Vieni, riuniamoci accanto al fuoco mentre ripristino il cerchio di torce: non si può mai sapere."

Brunella e i suoi cuccioli si accomodarono davanti al focolare, mentre Vincente, ancora diffidente, si sedette dall'altra parte del fuoco con Mughetto e Principessa: l'imponente animale li metteva in soggezione.

Mentre Principessa ancora riposava, Brunella chiese ragguagli sulla loro presenza in un luogo così pericoloso in quell'ora e Nero, fatte le opportune presentazioni, la mise al corrente degli avvenimenti dei giorni passati. Trascorsero così parte della notte, parlando e aggiornandosi reciprocamente sulle loro avventure, finché Nero e Vincente si concessero un breve riposo e Brunella e i suoi cuccioli si offrirono di fare buona guardia.

La notte trascorse senza altri incidenti e al mattino, di buonora, Brunella svegliò Nero come convenuto.

Era tempo di riportare a Gomeviano la sua sovrana e restituire il trono a Principessa.

XIX RITORNO A CASA

Fulmine procedeva in testa a fare da battistrada, con Testabianca che dall'alto cercava una via per uscire dalla fitta foresta. Dietro li seguiva Nero a piedi, mentre Vento e Vincente sul suo destriero scortavano ai fianchi Principessa che teneva in braccio Mughetto. Chiudeva l'insolita comitiva Brunella con i suoi cuccioli, che si era offerta di accompagnarli per la loro sicurezza fino al limitare del bosco.

Il sonno ristoratore aveva ritemprato Principessa, e le paure delle ore precedenti sembravano solo un brutto ricordo.

Procedeva a piedi con difficoltà perché non era più abituata a camminare sulla terra ferma, ma non si lamentava anzi, in cuor suo non vedeva l'ora di tornare a Palazzo per fare un bagno ristoratore, districare i suoi capelli arruffati e cambiarsi d'abito, perché al momento l'unica veste decorosa che indossava era il mantello di Nero. Circondata da amici veri, seppure insoliti, aveva perfino ritrovato il sorriso.

Vincente, per ingannare il tempo e la fatica della marcia, le raccontava le vicende del Regno da quando se ne era andata. Omise prudentemente, d'accordo con Mughetto e gli altri, di riferirle che non tutti a Palazzo desideravano il suo ritorno per evitare che la ragazza ricadesse nello sconforto.

Non appena giunsero in vista del limitare del bosco, ringraziarono e salutarono Brunella, che tornava indietro con i cuccioli per non incappare nei cacciatori. Poi ripresero la marcia verso la capitale lungo la strada principale, ma non fecero in tempo ad arrivarvi: fatte poche centinaia di metri si trovarono circondati da uomini armati che intimarono loro di fermarsi.

Testabianca, distratta da strani movimenti che aveva notato a destra della strada principale, si era allontanata in quella direzione per indagare; anche Fulmine e Vento, che avevano sentito strani rumori portati dal vento, si erano concentrati a vigilare su quel lato.

Il trucco consentì ai mercenari di cogliere di sorpresa Nero e gli altri dal lato opposto.

Nero e Vincente fecero scudo a Principessa sul davanti, mentre Vento e Fulmine si disposero alle sue spalle, ma la sproporzione numerica, come già era stato con i lupi nella foresta, era di nuovo a loro sfavore.

Nero riconobbe alla testa del gruppo lo Sfregiato, un mercenario con cui, già in passato, aveva avuto a che fare e che, riconosciutolo a sua volta, lo apostrofò:

"Amico mio, voi avete qualcosa che a noi interessa", e indicò con un dito la ragazza.

Principessa si strinse impaurita alle spalle di Vincente, mentre Nero replicava:

"La ragazza è con me e resta con me.

Fatevi da parte e lasciateci andare. Non voglio scontrarmi di nuovo con te."

Lo Sfregiato rise di gusto, subito imitato dagli altri:

"Ah, mi dispiace, amico mio; ma vedi, a Palazzo ci hanno pagato per uccidervi tutti, compresa la ragazza. E come vedi" e indicò i suoi compari, "questa volta ci siamo premuniti per l'evenienza…"

Vincente tremava indignato: aveva taciuto la realtà a Principessa, e ora ne veniva a conoscenza nel modo peggiore. Questa, sbigottita, gli chiese nell'orecchio:

"A Palazzo qualcuno mi vuole morta? Chi? E cosa ho fatto di male?"

Vincente voleva tranquillizzarla, ma gli riuscì solo di dire:

"Ma no, no! Sono solo briganti che vogliono derubarci."

Nero cercò di prendere tempo e trattare:

"Qual è il tuo prezzo? Qualunque sia, io posso offrirtene molto di più."

"Davvero? E cosa puoi offrirmi di più, se tanto posso comunque prendere quello che voglio, e senza fatica?" domandò baldanzoso lo Sfregiato.

Nero maledisse la perdita della sua spada, che in quel frangente avrebbe fatto dannatamente comodo: la situazione non era delle migliori, e mentre cercava di elaborare una strategia per volgere la situazione a proprio vantaggio, pensò di trattare di nuovo, giacché i mercenari erano noti per cambiare bandiera secondo il prezzo e la convenienza.

Ma non ebbe il tempo di iniziare a parlare, perché in quel mentre un feroce ruggito squarciò l'aria alle spalle dei mercenari che davano la schiena al bosco: era Brunella con i suoi cuccioli. L'orsa da un lato e Testabianca dall'altro, si lanciarono all'attacco dei mercenari.

Era il momento: Fulmine si lanciò sull'uomo accanto allo Sfregiato, noto come il Guercio, e lo azzannò alla mano sinistra armata, che lasciò cadere la spada.

Nero roteò il suo bastone e, con un colpo netto, disarmò lo Sfregiato, colto alla sprovvista, mentre Vincente restò a difesa di Principessa.

Mughetto, balzato giù dal braccio della ragazza, sfoderò gli artigli e saltò sul viso del Guercio, che già tentava di liberarsi dalla presa di Fulmine, e lo graffiò con tutta la forza che aveva, strappandogli un urlo di dolore.

Vento, invece, portava scompiglio con i suoi dolorosi zoccoli negli armati che si trovarono attaccati su due fronti.

Le grosse zampe artigliate di Brunella e dei suoi cuccioli aprivano dolorosi squarci nelle armature leggere dei mercenari, che, vistisi a mal partito, abbandonarono infine le spade e si diedero in gran parte alla fuga. Mai prima di allora avevano visto animali attaccare con tanta furia uomini armati fino ai denti.

Lo scontro fu breve ma intenso e la fuga degli uomini feriti, spaventati ed umiliati, altrettanto veloce.

Nero, raccolta la spada del Guercio, ne aveva fatto buon uso, affrontando gli avversari, disarmandoli e mettendoli in fuga.

Alla fine rimasero a terra, abbandonati dai compari in fuga, solo lo Sfregiato e il Guercio, impossibilitati a muoversi da Fulmine, Mughetto e Vincente, che li tenevano sotto tiro.

Il Guercio urlava dal dolore provocato dai graffi provocatigli da Mughetto, maledicendolo. Mughetto, orgoglioso di aver difeso la sua padroncina, lo canzonava rizzando il pelo e soffiando come un indemoniato.

Nero sorrise a Brunella che si avvicinava trionfale, e le disse:

"Bene. Ora sono io in debito con te!"

"Nessun debito. Devi ringraziare Testabianca che, quando si è resa conto della trappola, è corsa a cercarmi. Siamo arrivate appena in tempo, mi pare", e indicò con la testa i due malcapitati.

Lo Sfregiato e il Guercio si guardarono sgomenti: non avevano mai sentito parlare un animale, tantomeno un orso.

"Bene, amico mio" osservò ironico Nero rivolgendosi allo Sfregiato, "a quanto pare anche questa volta, quello che è mio, resta mio…"

Lo Sfregiato non rispose, ancora scosso dal capovolgimento della situazione ma Vincente, furioso, gli puntò la spada alla gola facendogli comparire una goccia di sangue lì dove pungeva:

"Ed ora, cane, voglio sapere il nome di chi ti ha pagato per uccidere la mia futura regina."

Vincente era fuori di sé, sia perché quell'uomo aveva rivelato una verità scomoda e pericolosa per il fragile equilibrio di Principessa; sia perché non riusciva a capacitarsi che qualcuno potesse arrivare a desiderarne la morte, anche se, di fatto, lasciarla in quello Stagno era stato come ucciderla, solo in un altro modo.

Nero comprendeva il suo stato d'animo, e lasciò che Vincente avesse il suo momento.

Lo Sfregiato, sentendo la lama pungere le sue carni, non si fece pregare. Non ne conosceva il nome, perché l'aveva incontrata al buio nascosta da un mantello:

"So solo che era una donna e dalla voce sembrava giovane" confessò lo Sfregiato, ormai rassegnato alla sua sorte, "Ci ha dato un ordine preciso: Principessa non doveva arrivare a Palazzo e i suoi compagni dovevano sparire per sempre. Niente testimoni.

Sapeva che eravate allo Stagno Incantato e noi dovevamo aspettarvi qui.

Ci ha pagato con una collana di trenta rubini"; e indicò una sacca appesa alla cintura.

Nero si chinò con prudenza e prese la sacca. La collana c'era davvero, e quando la estrasse per mostrarla agli altri, Principessa emise un gemito di sgomento: sapeva a chi apparteneva, perché sua nonna Regina l'aveva donata alla più giovane delle Zie.

Vincente, colmo d'ira, alzò la spada per finire lo sfregiato ma Nero fermò la mano armata, e lo rimproverò aspramente:

"No! Fermo, ci serve vivo: entrambi dovranno testimoniare di fronte al Gran Consiglio."

Vincente vide le lacrime negli occhi di Principessa e si rabbonì: rinfoderò la spada e la consolò stringendola tra le braccia come un padre.

Lo Sfregiato però, spaventato alla notizia, obiettò:

"Testimoniare davanti al Gran Consiglio? Se davvero Lei è la futura sovrana, per noi vuol dire morte certa, la legge è chiara!"

"Non hai scelta: o testimoni e, forse ti sarà risparmiata la tua inutile vita, oppure taci, e morirai sicuramente per aver attentato alla vita di un membro della Casa Reale. A te la scelta…" disse Nero senza mezzi termini, mostrandogli il taglio della lama.

Non c'era davvero molta scelta.

Nero e Vincente legarono come salami i due malcapitati, recuperarono i cavalli dei mercenari rimasti legati in una radura poco lontana, e ripresero il cammino verso Gomeviano, senza concedersi soste neppure per pranzare.

Brunella questa volta li seguì, tenendosi al margine del bosco, fin dove questo si diradava in prossimità della città.

Anche gli altri fecero buona guardia ai fianchi, ma non accaddero altri incidenti e, nel tardo pomeriggio, giunsero in vista del Castello e del Palazzo Reale.

Qui Nero si fermò. Chiese a Brunella di aspettare sul margine del bosco eventuali indicazioni, poi sorrise a Principessa:

"Bene: è giunto il momento, Altezza, che ritorniate a occupare il trono che Vi spetta."

La ragazza arrossì, si guardò le povere vesti ancore avvolte dal mantello di Nero, e replicò:

"Devo avere un aspetto orribile: come potranno riconoscermi e accettarmi di nuovo?"

Nero scosse il capo, e sorrise:

"Non è l'abito che farà di Voi una regina, ma il Vostro cuore e la Vostra anima" e prendendole la mano destra, gliela appoggiò sul cuore. "Vostra nonna vi sta guardando dal Cielo, ed è fiera come non mai di Voi. Se così non fosse, io e i miei amici non saremmo oggi qui."

Vincente annuì poi chiese sospirando a Nero:

"Allora, si fa come convenuto? Io entro per primo, e speriamo che non ci siano anche lì sorprese armate…"

"Tranquillo" replicò Nero, "dentro il Castello, la furbona non potrà giocare sporco, si tradirebbe: tu vai avanti, amico mio, e fai come ti ho detto. Io entrerò poi in scena con i nostri due compari."

Vincente, un poco rassicurato, prese il suo cavallo e, issati Principessa e Mughetto su Vento, si avviò al Castello. Principessa si volse sorridente verso Nero, che ricambiò alzando la destra in segno di saluto.

L'ultimo atto stava per avere inizio.

XX IL PREZZO DEL DISONORE

Quando Vincente superò il ponte levatoio del Castello e si fermò nel piazzale, come convenuto, potete immaginarvi le bocche aperte di chi non solo rivide l'ex Gran Ciambellano, ma riconobbe, nella ragazza dal mantello nero, Principessa: furono circondati da una folla di persone, tra addetti e personale del Castello, che salutarono con gioia il ritorno dell'erede al trono.

A Palazzo il ritorno di Principessa gettò il disordine fra le Reggenti: per alcune, fu accolto con un certo sollievo, per altre fu un evento ineluttabile, per altre ancora significava rinunciare al potere e la fine dei privilegi. E per una di loro, infine, era l'inizio della fine.

Raggiunsero gli altri nel cortile e la più anziana delle Zie Reggenti andò incontro a Vincente e Principessa, che, smontati da cavallo, stavano raccogliendo le manifestazioni di affetto e giubilo del personale del Castello. La Zia Anziana si congratulò con Vincente per aver riportato Principessa, dimenticando che proprio Lei e le altre lo avevano licenziato molti mesi prima.

Vincente si schernì: il merito non era solo suo, ma anche del Cavaliere Nero e dei suoi compagni.

Allora la Zia più giovane si fece avanti e, con voce suadente, chiese dove fosse questo prode cavaliere, che tanto aveva potuto. E cercò di abbracciare la nipote. Ma Principessa, alla sua vista, ricordando la collana ed il racconto dello Sfregiato, si ritrasse con disgusto e, assumendo uno sguardo severo, si portò alle spalle di Vincente. Questi, sguainata la spada, la puntò contro la traditrice, mentre Mughetto, seduto sulla sella di Vento, soffiò minaccioso.

La Reggente Anziana, a quella vista, trasalì:

"Che cosa significa tutto questo? Siete impazzito? Non ricordate che è una delle Zie di Principessa?"

"Forse è lei ad aver dimenticato i suoi legami di sangue. Perché non le chiedete di indossare la sua collana dai trenta rubini, che la precedente sovrana le aveva donato?" incitò Vincente con l'arma puntata alla giovane donna.

La giovane Zia capì di essere perduta e tentò l'ultima carta:

"Quali fantasie andate farneticando? A Palazzo sanno bene che quella collana mi è stata rubata. Ne parlavo proprio ieri con mio marito…"

Ma Principessa, preso un inaspettato coraggio, ribatté davanti a tutti:

"Rubata? Curioso, giacché la collana era in mano a dei mercenari che Voi avete pagato per uccidere me… ed anche i miei amici." E frugando nella tasca di Vincente, estrasse la collana e la gettò con forza sul viso della traditrice. A quella vista tutti trasalirono.

Le altre Reggenti si strinsero in semicerchio attorno alla più giovane, e la più Anziana pretese spiegazioni, indicando adirata la collana a terra.

La giovane donna si sentì mancare il terreno sotto i piedi, indietreggiò verso l'uscita del Castello, balbettando:

"Non è vero… io non ho fatto niente… sono solo falsità… nessuno può affermare nulla…"

"Ne siete proprio sicura?" chiese una voce secca e decisa alle sue spalle.

La donna si girò di scatto, e questa volta si trovò la lama di Nero puntata alla gola.

Il cavaliere con la mano destra teneva la spada contro la donna, con la sinistra i due prigionieri legati con le corde.

Alla loro vista la donna si sentì perduta. Nero strattonò la corda dei prigionieri senza togliere lo sguardo dalla giovane donna, e intimò:

"Avanti, parlate. Sono tutti interessati a conoscere la Vostra interessante storia…"

Lo Sfregiato e il Guercio confessarono tutto e riconobbero la voce della giovane donna come quella della loro mandante.

La giovane Zia di Principessa scoppiò in lacrime e crollò in ginocchio a terra, nascondendo il volto per la vergogna. Nero rinfoderò la spada ma la apostrofò rudemente:

"Stolta, avete venduto Vostra nipote a degli assassini per trenta rubini: il prezzo del Vostro disonore."

La Reggente Anziana ordinò alle guardie che la giovane sorella e i due mercenari fossero tutti rinchiusi in celle separate nella Torre Quadrata di Gomeviano, la prigione della città, in attesa del giudizio del Gran Consiglio. Poi fece bandire da Palazzo la donna e ogni suo familiare diretto: marito e figli furono subito presi e allontanati per sempre, e ogni loro bene confiscato.

Infine, si scusò pubblicamente con Vincente:

"Vincente, un tempo Voi avete reso grandi servigi al Regno e mi rammarico di non aver ascoltato le Vostre sagge parole quando era il momento.

Come Reggente Anziana del Regno, in attesa dell'insediamento di Principessa sul trono che le spetta, Vi chiedo, a nome del Consiglio, di riprendere il Vostro titolo di Gran Ciambellano: nessuno meglio di Voi, che avete restituito al Regno la sua sovrana, merita tale incarico. E sono certo, da quel che vedo, che mia nipote Principessa sarò d'accordo con me."

Principessa annuì sorridendo:

"Sì, è mio desiderio che Voi torniate qui con me a Palazzo Reale."

Un coro di giubilo si levò nel cortile del Palazzo e tutti si strinsero intorno a Vincente e Principessa, mentre Vento, avvicinatosi a Nero, commentò mestamente:

"Ecco, come al solito si sono dimenticati di noi…"

Fulmine rincarò:

"Perché, avevi dubbi? A noi il lavoro duro, agli altri il merito…"

Nero scosse la testa, li accarezzò sul capo e disse:

"Non siamo qui, amici miei, per meriti e gloria. Avevamo una missione da compiere, e l'abbiamo portata a buon fine. Abbiamo compiuto il nostro dovere.

Guardate Principessa: è ancora trasandata e lacera nei vestiti, ma il suo sorriso di futura regina risplende già. Ecco, questo, deve essere il nostro premio più grande: aver restituito la libertà ed il sorriso a Principessa; per il Regno una degna sovrana."

"Non ti facevo così poetico…" osservò maliziosamente Testabianca, notando gli occhi commossi di Nero, che sorrise e abbassò lo sguardo:

"Forse perché non mi ascolti abbastanza…"

Poi, rivolto a tutti:

"Venite, andiamo a salutare Brunella e a dirle che ora può tornare a casa. Poi, torneremo alla Locanda a riposare, per oggi. Domattina dovrò cercare un fabbro…"

"Un fabbro?" chiese Fulmine.

Nero non rispose, e si incamminò verso l'uscita.

Gli altri si guardarono perplessi e lo seguirono, ripetendosi l'un l'altro la domanda "Un fabbro?" ma senza riuscire a trovare una risposta.

Ma una voce dietro lì fermò:

"Aspettate: non restate a Palazzo?": era Mughetto, che arrivava trafelato.

I nostri amici si voltarono, Nero si chinò su di lui e rispose per tutti:

"No, piccolo amico. Abbiamo alcune faccende in città da sbrigare. Verremo forse domani a salutare Principessa e Vincente, ops… volevo dire il Gran Ciambellano. Poi partiremo: altri incarichi, purtroppo, ci aspettano nella Grande Pianura."

Mughetto s'intristì, ma strappò una promessa:

"Promettete di aspettare e venire dopodomani, vero? Dopodomani ci sarà gran festa qui a Palazzo, per la mia padroncina. Presto sarà la nuova regina. Ci dovete essere tutti!"

Nero portò la mano al cuore e promise solennemente di sì. Poi accarezzò il capo del gatto, e sorridendo lo ringraziò:

"Grazie, piccolo amico: senza di te non ce l'avremmo mai fatta."

Mughetto ricambiò:

"Grazie a voi: senza di Voi non avrei mai riavuto la mia padroncina. E salutatemi Brunella e i suoi cuccioli."

Nero annuì, si rialzò e s'incamminò a passo svelto verso il ponte levatoio, seguito dagli altri, mentre Mughetto ancora li salutava.

Mentre si allontanava dal Castello, Nero sentì, per la prima volta nella sua vita, che qualcosa lo intristiva: il suo cuore era insolitamente pesante.

XXI IL REGALO MISTERIOSO

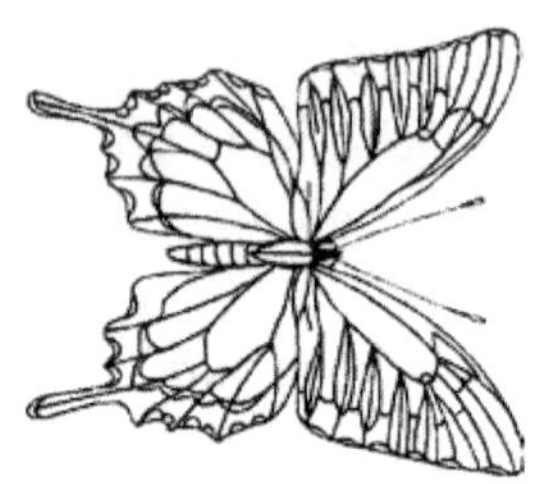

Due giorni dopo, a Palazzo Reale, si tenne la festa per il ritorno di Principessa.

La fanciulla, indossata la veste migliore per l'occasione, sembrava non fosse mai stata allo Stagno Incantato: era splendida e radiosa come mai prima di allora. Anche Vincente, indossata di nuovo l'uniforme da Gran Ciambellano, tirata fuori da un vecchio baule, faceva la sua bella figura.

La notizia del ritorno di Principessa, e della sua prossima incoronazione, aveva fatto rapidamente il giro del Regno e sembrava aver riportato un briciolo di speranza.

Principessa quel giorno di festa fu così impegnata, tra invitati ed ambasciatori, che soltanto a pomeriggio inoltrato, si accorse che Nero, arrivato in tarda mattinata, non era più presente al banchetto. Lo aveva intravisto verso l'ora di pranzo conversare animatamente con il Gran Ciambellano, ma poi non ci aveva fatto più caso, presa dagli impegni della festa.

Mughetto, cercando di evitare di non farsi calpestare dai numerosi commensali, si avvicinò a Principessa e le confermò di non aver trovato Nero da nessuna parte nel Palazzo.

Principessa chiese allora informazioni al Gran Ciambellano che le confessò, seppure a malincuore, che Nero era partito con i suoi compagni dopo pranzo, lasciandole in dono un cofanetto e una lettera.

Principessa contrariata, volle vedere subito la lettera e si fece accompagnare immediatamente nella stanza attigua, in disparte. Vincente estrasse da una borsa in un armadio quanto Nero gli aveva lasciato.

Principessa guardò il cofanetto, poi la lettera ed esitò un attimo; dentro di sé sentiva crescere un'improvvisa angoscia mista a tristezza: perché Nero se ne era andato così, senza neanche salutarla?

Infine si decise e aprì per primo il cofanetto, davanti a Vincente, e si lasciò sfuggire un'esclamazione di meraviglia. Era una spilla d'argento: una bellissima spilla a forma di farfalla, finemente lavorata. Né Vincente né Principessa ne avevano mai viste di così belle e lucenti. Vincente si commosse, mentre Principessa, sempre più emozionata, aprì la lettera con le mani tremanti e la lesse tutta d'un fiato:

"Mia cara Principessa, Vi scrivo queste parole perché il mio compito è finito, e un altro incarico mi attende nella Grande Pianura.

Vostra Nonna Regina dal Cielo sarà soddisfatta del mio lavoro: era così preoccupata per Voi e dispiaciuta per i propri errori, che si era a lungo raccomandata al Signore dei Cieli perché intervenisse per rimediare e farVi tornare a casa Vostra, nel Vostre Regno.

Auguro ogni felicità a Voi e al Vostro Regno, che ha molto bisogno della Vostra Saggezza. Vostra Nonna da Lassù Vi guarda e Vi stima, e Vi sarà sempre vicina, se saprete sentirla dentro il Vostro cuore.

Il Vostro Gran Ciambellano, Vincente, è un brav'uomo e saprà guidarVi nelle Vostre prossime incombenze regali, meglio di chiunque altro.

Perdonatemi se mi allontano senza un commiato, ma eravate troppo impegnata nei festeggiamenti e così felice e radiosa, che sono certo la mia partenza Vi avrebbe rattristato. Avreste fatto di tutto per trattenermi, e forse io mi sarei lasciato convincere da Voi a rimanere, ma il dovere mi chiama, ed io debbo andare.

Non temete, però: questo non è un addio, ma un arrivederci. Per questo motivo Vi lascio in dono questa spilla, che spero Vi piaccia, com'è piaciuto a me forgiarla per Voi.

Le ho dato la forma di una farfalla, perché queste splendide creature sono i messaggeri del Signore dei Cieli sulla Terra. Tramite una farfalla mi è stato a suo tempo assegnato l'incarico, e con questa farfalla lo concludo oggi.

Inoltre questa spilla è d'argento, ma non di argento comune: l'ho forgiata usando una goccia dell'argento magico estratto da un ciondolo che indosso dalla nascita, a forma di Stella Alpina, il simbolo della mia casata materna. Così, se un giorno sarete in difficoltà o Vi sentirete di nuovo sola, Vi basterà sfiorarne le ali, e lei mi trametterà il messaggio: io saprò subito dal ciondolo "gemello" che Voi avete di nuovo bisogno di me, ovunque mi troverò, e cercherò di raggiungerVi nel minor tempo possibile.

E ora Vi saluto, anche a nome dei miei fidi e inseparabili compagni. Possa il Vostro Regno tornare al più presto al suo antico splendore.

Salutate per me il piccolo Mughetto, senza il cui aiuto non sarei mai riuscito a completare la mia missione; abbiate cura di lui: è un gatto, ma soprattutto un amico, che vale molto più di qualsiasi tesoro.

Sempre servo Vostro

Il Cavaliere Nero"

Principessa con le lacrime agli occhi si sentì per un attimo smarrita: lasciò cadere la lettera per terra ai piedi di Vincente, e poi raggiunse di corsa la terrazza che dava a sud sperando di scorgere ancora il cavaliere ma Nero era, ormai, lontano e fuori dalla sua vista.

Vincente rimase invece immobile, ben sapendo che non c'erano parole di conforto.

Mughetto la raggiunse in terrazza salendo sulla balaustra, e ne accarezzò con il muso la mano sinistra che ancora stringeva il cofanetto con la spilla. In quel momento, gli ultimi raggi del sole che tramontava dietro le montagne nel cielo terso, colpirono le ali d'argento della farfalla, che s'infiammarono in una miriade di sfumature di rosso, quello stesso colore delle sue amate rose.

Mughetto e Principessa osservarono quello spettacolo scintillante, che durò pochi istanti; poi, rimasero solo le lacrime di Principessa, che riuscì solo a mormorare con nostalgia un nome:

"Nero…"

Ma il Signore del Cielo, che su tutto vegliava, e che era ben soddisfatto dell'ottimo lavoro svolto dal Cavaliere Nero, si commosse alla vista della tristezza di Principessa. Mandò allora il Vento d'Occidente a consolarla: una brezza delicata mosse ed accarezzò i suoi capelli, come faceva la mano della nonna Regina quand'era bambina.

Il Vento raccolse quindi alcune lacrime che le rigavano il viso, e le portò su su, fino al Cielo, dove divennero una nuova Stella, vicina e ad est della Stella Polare, in perenne ricordo di quel giorno insieme felice e triste.

XXII Epilogo

La strettoia con cui la valle terminava prima di aprirsi sulla Grande Pianura era davanti a loro: Nero e i suoi amici avevano marciato tutto il pomeriggio sotto il sole costeggiando il Fiume, pur di raggiungere la Città prima che li sorprendesse la notte. Mancava ancora un'ora di marcia e poi si sarebbero concessi il meritato riposo.

La Città già si scorgeva in lontananza, nell'aria limpida e tersa, quando d'improvviso iniziò a spirare alle loro spalle una brezza calda da Nord e, nell'aria, una voce familiare di fanciulla parve riecheggiare tra le montagne, come se stesse chiamando invano qualcuno a lei caro.

Vento e Fulmine si fermarono e volsero il capo all'indietro, drizzando le orecchie in ascolto; poi Fulmine guardò Nero: questi era immobile, assorto nei suoi pensieri, con le mani giunte sulla sella di Vento.

"Avete sentito?" chiese Fulmine ai compagni.

Vento nitrì in segno di assenso, mentre Testabianca roteava in alto indecisa sul da farsi, aspettando un cenno da Nero. Nero però taceva e così Fulmine espresse il pensiero di tutti:

"Sembrava la voce di…" e stava per dire Principessa, ma non riuscì a finire la frase perché Nero alzò la mano a zittirlo.

Fece girare Vento di fianco e volse lo sguardo a Nord: e tutti i compagni lo imitarono.

La flebile voce che sembrava chiamare il suo nome sembrò rieccheggiare ancora tra le montagne, come in un'eco lontana e infine si spense, e con essa la brezza.

Fulmine guardò Nero, e si accorse dei suoi occhi lucidi. Era silenzioso, ma i suoi occhi e il suo volto teso parlavano per lui: ormai lo conosceva bene, sapeva riconoscere ogni sua singola mossa. Non lo aveva mai visto così turbato da molto tempo, e qualche sentore lo aveva avuto già alla partenza dal Castello.

Nero portò istintivamente la mano destra al ciondolo d'argento che portava sul petto; poi alzò lo sguardo al cielo, mentre il sole lento spariva oltre le cime che circondavano la valle a ponente e a levante.

E in quel mentre, scorse una stella che non aveva mai visto prima: una stella così luminosa che già brillava, pur se ancora il sole non era completamente tramontato.

"La vedete anche voi?" chiese con voce rotta dall'emozione, indicandola con la mano sinistra.

"Cosa? Cosa?" chiesero in coro gli amici, che non capivano a cosa si riferisse.

"Là, quella stella un poco a est della Stella Polare… è così bella e luminosa…", riprese Nero.

I suoi compagni scrutarono il cielo, ma nessuno altro riusciva a vederla. Allora Vento scosse il capo e, fidandosi della vista del suo cavaliere, ipotizzò con un pizzico di malizia:

"Forse è una stella che puoi vedere solo tu che hai un cuore Umano…"

Anche gli altri annuirono in silenzio.

Nero si soffermò ancora un po' a contemplarla: e per un attimo la vide risplendere di una luce più luminosa, come un lampo. In quell'istante, provò uno strano brivido che lo attraversò lungo la schiena, scuotendolo nel profondo. Sentì il suo cuore più pesante, e dovette farsi forza per distogliere lo sguardo.

"Andiamo," disse con la voce flebile per l'emozione, "dobbiamo raggiungere la Città per riposare. Domani ci attende un nuovo duro incarico."

Ripresero il cammino: Nero non disse più una parola, e Vento e gli altri rispettarono il suo silenzio.

Nero volse un'ultima volta lo sguardo: la stella era ancora là, non era un sogno o frutto dell'immaginazione e brillò un'altra volta ancora, mentre pian piano altre stelle comparivano nel cielo che imbruniva rapidamente. Era la Stella che il Signore del Cielo aveva generato con le lacrime di Principessa: ma Nero, questo, non poteva ovviamente saperlo.

Da quel giorno quella stella accompagnò i pensieri e le imprese di Nero: l'ultima a salutare l'Alba, la prima ad annunciargli la Sera. E un giorno, questa stella avrebbe indicato la via al giovane cavaliere errante.

Ma questa è un'altra favola. Vera.

Postfazione dell'Autore

Egregio Lettore, Gentile Lettrice, in questa breve Postfazione vorrei fornire sinteticamente alcune chiavi di lettura del testo della favola: si tratta quindi di un commento introduttivo, pensato per un pubblico adulto o comunque con un certo grado di maturità.

La favola è in sé il frutto dell'esperienza personale dell'Autore: proprio perché nasce dall'esperienza, e non dalla semplice fantasia, essa è la somma di tante esperienze diverse, che messe insieme, e private di riferimenti specifici, creano il contesto e il senso complessivo dell'opera.

La prima cosa, quindi, da considerare nella lettura del testo è che si tratta di un'astrazione, in forma di fantasia, di episodi reali; come astrazione, allude alle situazioni tramite personaggi tipizzati, "maschere" (per usare un linguaggio teatrale) che esprimono in forma metaforica la realtà.

Per questo, non si indulge molto nella descrizione dei luoghi o dei personaggi. Ci si sofferma, ma solo per spunti stilizzati, sui due poli della storia: da una parte il Regno, dall'altra lo Stagno Incantato. Ciò vale anche per i protagonisti: sia i *buoni* sia i *cattivi* li vedremo delineati solo per tratti sommari.

Il Regno non ha un suo nome, perché non importa: può essere inteso ad esempio come una famiglia, una comunità organizzata, oppure una struttura anche più complessa gerarchicamente e politicamente. Il punto non è *cosa sia* veramente, ma *cosa rappresenta*: è il luogo dove dovrebbero risiedere gli affetti e gli interessi dei protagonisti positivi e della vittima degli eventi.

Lo Stagno Incantato, invece, è il luogo *altro*, il luogo idealizzato, addirittura utopico, gestito da persone *altre*, stilizzate nei saggi ranocchi. Esso è *nel* Regno, ma ne è comunque *distinto*, con le sue regole e le sue convenzioni.

Questo duopolio è la chiave per la comprensione del testo: nei due luoghi ciò che *dovrebbe essere*, in realtà *non è* nei fatti. Il Regno non è più, a un certo punto, il luogo degli affetti di Principessa. A sua volta, lo Stagno Incantato non è per nulla il luogo sicuro che tutti credono. Vedremo tra un attimo di chiarire meglio questi aspetti importantissimi.

Anche i personaggi rispecchiano lo stesso metaforico schematismo, e il loro nome, così come la loro descrizione sommaria, è già rivelatore. Regina è la sovrana, Principessa è l'erede al trono. Poi ci sono Zii e Zie, un Gran Ciambellano, guardie, esploratori, etc. Come si può vedere, non ci sono in generale nomi propri, cui siamo abituati, perché non conta il loro nome o il loro aspetto, ma cosa rappresentano, ciascuno nel suo ruolo: il nome diventa solo una sorta di *etichetta* per distinguerlo dagli altri. Lo stesso accade per i personaggi dello Stagno, e le altre comparse via via nel racconto.

Non è dunque essenziale avere a mente le caratteristiche fisiche del personaggio. Certo, ci sono, ma solo per aiutare i lettori più giovani, che hanno bisogno di *visualizzare* il personaggio per comprendere la favola. A dispetto della civiltà dell'immagine, e dei media, cui siamo (purtroppo) abituati, dove conta l'aspetto rispetto a storia o intimo di un individuo, qui le immagini sono solo stilizzate, e ruolo importante hanno invece accadimenti e psicologia dei personaggi.

Anche il sesso del singolo personaggio è del tutto ininfluente: invertendo maschi con femmine e viceversa, il significato profondo della storia non cambia minimamente. E questo è un altro fattore importante da considerare.

Si sono scelte una regina e una principessa, solo perché statisticamente, nell'esperienza dell'Autore, le donne sono più spesso vittime di Stagni Incantati. Poi perché, letterariamente, le principesse sono più gradite al pubblico dei giovani lettori, cui la favola anche si rivolge.

Date queste premesse doverose, si può ora procedere nell'analisi del senso della storia.

Abbiamo già accennato al duopolio Regno-Stagno. Per comprenderlo, partiamo dai personaggi.

La favola prende le mosse nel dilemma di una Regina che ha nella nipote Principessa la propria erede, alla cui formazione occorre provvedere. E Principessa è orfana di entrambi i genitori. Della madre ha solo vaghi ricordi; del padre nessuno, perché scomparso prima della nascita. Il punto focale su cui ci si deve concentrare è *l'essere* orfana di Principessa, non il perché lo sia.

Principessa rappresenta qui metaforicamente un individuo più o meno giovane, che si trova senza le figure genitoriali di riferimento. Maschio o femmina poco importa, come detto, e così pure l'età precisa, benché nella storia se ne accenni per comodità. La favola può tranquillamente adattarsi anche a situazioni che vedono coinvolti giovani o, addirittura, adulti.

Quest'assenza genitoriale, non va vista solo in senso *fisico*, perché può esserlo in senso *psicologico*. In tal modo, i genitori potrebbero essere anche in vita, persino conviventi con questa persona; ma sono *assenti di fatto* per i più svariati motivi: lavoro, divorzio, abbandono, carattere, etc... Non a caso, della madre Principessa ha *ricordi* evanescenti legati all'infanzia, e per il padre si dice che è *scomparso*, non morto! La stessa Nonna Regina, cui spetta prendersi cura della nipote, c'è, è viva, ma è sempre impegnata, e passa sempre meno tempo con la protagonista, e di fatto è sempre più *assente*. Questo intende simboleggiare, in un unico personaggio, i casi reali più disparati.

La nonna Regina e il Consiglio del Regno, che decidono del futuro di Principessa, sono una metafora di *chi decide* del futuro della persona nel senso più ampio. Può essere, a determinate condizioni, la stessa persona sulla base del proprio passato; ma potrebbero essere perfino gli stessi genitori, assenti *di fatto*, presi dai loro impegni.

Tutti decidono, alla fine, ma nessuno chiede un'opinione alla diretta interessata. Tutti pensano solo a fare di lei una sovrana, una persona con delle responsabilità: ma nessuno si chiede alcunché riguardo ai suoi sogni, desideri, sentimenti. Neppure quella nonna che pure ha così a cuore la nipote, da non farle mancare nulla, a livello materiale o di formazione: e pensa che niente le manchi... Quante volte anche nel quotidiano si pensa che una persona, un figlio, un nipote abbia tutto, ma non si riesce ad andare oltre la materialità del contingente, giù dentro il suo cuore?

In questo contesto s'inserisce quindi lo Stagno Incantato, il luogo *altro* dove Principessa è inviata. Esso è *nel* Regno, come detto, ma ne è comunque *distinto*, con le sue regole e le sue convenzioni. Qui il significato che si può e vuole dare, è davvero ampio. Vediamone alcuni, senza pretesa di esaustività.

Metaforicamente, può rappresentare un luogo cui è delegata, o meno, la formazione della persona, o che comunque ha una sua forte influenza sulla persona: un luogo ritenuto sicuro perché, si pensa, ci sono i saggi Custodi. Nella realtà, può essere, per fare alcuni esempi: una scuola, una squadra sportiva, un dojo, un'associazione culturale, o perfino una compagnia di amici. Ma in questo luogo *altro*, non ci sono solo fattori positivi.

L'errore fatale nella storia, come nella vita, è non solo trascurare la base psicologica di partenza della persona (che può non essere pronta per tali esperienze o ambienti, o avere già *in nuce* carenze affettive), ma ritenere che un certo luogo, perché ci sono persone con delle chiare responsabilità (i "Custodi"), sia un luogo *a prescindere* sicuro. Non è sempre così, e su questo occorre vigilare.

Il pericolo può, infatti, provenire da persone specifiche e/o da situazioni psicologiche che si vengono a creare, e cui l'individuo, che ne è vittima spesso inconsapevole, non è preparato adeguatamente: tanto che finisce per idealizzare fatti o persone oltre il buon senso. Questo è proprio quanto accade a Principessa, che non distingue buoni da cattivi nello stagno (nessuno l'ha addestrata a farlo), e addirittura personifica, in uno dei saggi ranocchi, il padre che non ha mai avuto.

Anche le tre figure di Lingualunga, Testagrande e Tenebrilla, fisicamente rese nella storia, vanno interpretate in senso metaforicamente ampio; possono essere davvero persone fisiche, non necessariamente presenti contemporaneamente (anche se nella favola lo sono), rispettivamente:

1. Lingualunga, la pettegola o credulona, che può mettere in giro maldicenze, o far credere una cosa per l'altra per stupidità, voglia di apparire o per proprio tornaconto personale, diretto o indiretto;

2. Testagrande, il bullo, che può essere più o meno violento e aggressivo a danno della vittima; o, tipicamente nei casi di vittime di sesso femminile, cercare di usare la propria forza psicologica, e/o prestanza fisica, per fini terzi che nulla hanno a

che vedere con i sentimenti, abusando della debolezza psicologica della vittima stessa;

3. Tenebrilla, l'intrallazzatrice o la persona falsa, che usa la propria intelligenza o conoscenza a danno della vittima, anche in questo caso per i motivi più disparati.

I tre possono, altresì, rappresentare situazioni psico-fisiche cui lo stesso individuo si conforma per debolezza psicologica o carenza affettiva. Per entrambi le casistiche, anche miste, i casi di cronaca si sprecano: ma sono decine di volte di più quelli che non fanno notizia.

L'aggravante nella vita reale, resa efficacemente nella storia, infatti, è data dall'indifferenza, di fronte al manifestarsi degli effetti del problema: indifferenza che può essere non solo dell'ambiente circostante la vittima, ma anche del suo stesso ambiente familiare. Tutti vedono che Principessa sta cambiando, ma nessuno fa nulla. Anzi: anche l'ambiente scolastico in cui la ragazza è inserita (compagni di scuola e docenti), non si cura minimamente di cosa sta accadendo, non si chiede perché accade; solo indifferenza o, peggio, irrisione.

Questo, purtroppo, è proprio quanto accade troppo spesso anche nella vita reale. Il problema è lì, sotto gli occhi di tutti, ma nessuno se ne fa veramente carico, per vari motivi, più o meno giustificati. Principessa, morta la nonna (l'ultimo legame affettivo che sentiva con la realtà), si rinchiude nello stagno di fronte all'indifferenza di tutti, anzi, c'è chi se ne compiace e sfrutta l'occasione. E la ragazza diviene vittima della propria solitudine (che prescinde dall'età) e/o delle manovre di terzi.

Nel quotidiano, sono tantissimi i casi di persone che divengono prigioniere di Stagni Incantati, in altre parole delle situazioni in cui si trovano per scelta volontaria e/o di altri. Ne restano prigioniere o perché da sole non hanno la forza di opporsi; o perché si lasciano ammaliare dalle realtà *altre*, perché riempiono vuoti, soddisfano bisogni (reali o presunti) o carenze personali: il tutto nell'indifferenza di chi avrebbe dovuto vigilare. La casistica è così vasta, che non può qui essere esemplificata per intero, ma citerò due casi tra i più frequenti.

Un primo caso, è il classico ambiente ritenuto sano, frequentato da più persone di varia estrazione, dove un ragazzo, o un uomo, individua una giovane più debole psicologicamente, o con carenze affettive: ne carpisce la fiducia, ne assoggetta la volontà e, di fatto, se ne approfitta nei modi più disparati, pur restando nella legalità. Lei, pur cosciente (o meno) di essere tenuta su di un livello di considerazione inferiore, pur magari protestando, non riesce a rinunciare a lui: addirittura può arrivare a idealizzarlo oltre il buon senso. Nei casi più gravi, ci può essere anche violenza fisica o psicologica, anche subdola, subita in modo tacito, quasi fosse ineluttabile.

Un secondo caso, è quello in cui un ragazzo, inizialmente assolutamente sano e di buona condotta, si lascia ammaliare dalla facilità con cui certi risultati si possono ottenere mediante espedienti o scorciatoie (furti, spaccio, etc.), magari coinvolto e convinto dal Testagrande o dalla Tenebrilla di turno: trascurato per le ragioni più disparate nell'ambiente normale dove vive (casa, famiglia, lavoro), finisce per idealizzare il nuovo ambiente *altro*.

Come si vede già da questi due esempi, la favola esemplifica qui casistiche disparate che, con le opportune astrazioni, hanno un comune denominatore.

Come in tutte le favole, ovviamente, c'è un lieto fine, e un lieto fine, in molti casi, è possibile anche nella vita reale: ma non ci sono Principi Azzurri che compaiono dal nulla magicamente a sbrogliare la matassa.

Il Regno rimasto senza guida, è nel caos: e il caos del Regno è la metafora del disordine o della sofferenza che si può creare nella famiglia o nella comunità da cui proviene la vittima dello Stagno. Una sofferenza che non ha sempre un'origine chiara a tutti, almeno per chi la vive, o può averla, ma non è affrontata come si dovrebbe.

Qui c'è un cavaliere, Nero, che con i suoi compagni arriva con la missione di indagare e riportare Principessa a Palazzo, rimettendo le cose a posto; tutti nel Regno si lamentano, ma nessuno fa nulla, per inerzia o convenienza. Nero però non va visto come il classico eroe solitario, ma solo insieme ai suoi compagni: conta in questo caso la squadra, non il singolo.

Così, la fama sinistra di cui gode il cavaliere, per le sue conoscenze e armi *strane* (che, insieme al nero dell'abito e al bianco del cavallo, sono un mio piccolo ma non unico omaggio all'arte marziale dell'Aikido) è la metafora del sospetto e/o della diffidenza con cui nella realtà spesso si guarda a chi cerca di rimediare agli errori altrui. Diffidenti possono essere i familiari della vittima (il Palazzo) o anche solo i conoscenti (i concittadini del regno): che nulla fanno, ma guardano con sospetto a chi si mette in gioco al posto loro.

Nero e compagni possono poi essere individui che già svolgono un utile ruolo sociale di raddrizza-torti (giudici, forze dell'ordine, etc...), oppure anche solo persone (o, addirittura, un singolo individuo con particolari qualità) di buona volontà, che non agiscono per gloria o fama. In ogni caso, persone di cui spesso, poi, ci si dimentica (infatti, alla fine della favola, mentre tutti festeggiano Principessa, solo Mughetto si ricorda di loro, e li invita alla festa).

La squadra di Nero è volutamente ben assortita; Nero è la guida, ma non è un *capo* modernamente inteso: è un *leader*. Il vincolo non è di sudditanza, ma di fiducia reciproca: l'uno completa l'altro. I compagni hanno, infatti, qualità che li distinguono e completano reciprocamente.

Ma anche la migliore squadra, nella vita come nella favola, non può nulla, senza adeguate informazioni per cercare di rimediare agli eventi. Ed è qui che entrano in gioco Vincente, l'ex Gran Ciambellano, e Mughetto. Entrambi hanno vissuto con Principessa, la conoscono, ma da due punti di vista totalmente diversi.

Vincente di nome, non lo è *di fatto*: è *perdente* perché non ha capito i rischi cui andava incontro Principessa; si lamenta, ma non prende l'iniziativa, pur dicendosi affezionato alla piccola, che ha visto nascere e crescere. Né prima che aveva il potere che poi perde per un suo senso di lealtà non vissuta fino in fondo, né dopo che non è più vincolato a nessun ruolo di potere e che volendo avrebbe le mani libere. Ed anche alla fine, quando gli restituiscono il suo posto, è *perdente*, perché chi ha portato a termine il grosso del lavoro, sono Nero e i suoi compagni, con l'aiuto di Mughetto.

Mughetto, invece, rappresenta il migliore amico che ciascuna persona ha, senza magari accorgersene. Forse non conosce appieno il problema, non sa valutarlo subito; ma quando è il momento, non si tira indietro e prende l'iniziativa, a dispetto e/o pur conscio delle sue modeste possibilità.

Accenniamo, in conclusione, brevemente ad altri aspetti comprimari, seppur importanti.

I Custodi, rappresentano le persone che hanno delle responsabilità, riscuotono la fiducia della gente, ma o fingono di non vedere i problemi, o non adempiono il loro ruolo come gli altri si aspetterebbero.

Brunella, l'amica di Nero, è l'emblema dell'amica estranea ai fatti, ma che può dare una mano al bisogno, nel momento della difficoltà, senza nulla chiedere, anche solo per vincolo di gratitudine.

I tre conflitti che Nero deve risolvere per riportare Principessa a casa, sono prove simboliche: ricordano le sfide della vita cui ogni individuo può trovarsi sottoposto, perché non ci sono solo stagni incantati da cui guardarsi. La fuga scomposta di Principessa nel bosco pieno di pericoli (per questo oscuro, intricato e popolato di lupi) è la metafora del rischio che la vittima corre quando, resasi conto della falsa realtà vissuta (di qui il pianto), se si lascia andare all'irrazionalità o, peggio, è lasciata sola, può finire anche peggio, complicandosi la vita in scelte non ponderate o perfino autodistruttive. Il ritorno alla vita normale, quindi, richiede sempre attenzione e vicinanza di persone perbene che devono accompagnare la vittima: perché nei momenti di debolezza, questa può anche incappare nell'avidità e la malvagità gratuita (simboleggiata dai mercenari) di chi è pronto a cogliere la debolezza altrui per proprio tornaconto.

Non è un caso che il filosofo T.Hobbes, riprendendo un concetto che si trova già nel commediografo latino Plauto, abbia ben analizzato: *homo homini lupus* (lett. l'uomo è lupo all'uomo); e la Zia traditrice è il simbolo topico dei "parenti serpenti" che ci sono anche nelle migliori famiglie, ma anche i mercenari da lei assoldati assolvono il ruolo simbolico di umanità pronta a nuocere ai propri simili.

Anche il gruppo delle Reggenti, di fatto, ha nel suo intero la sua dose di colpe, ma sono graduate, così come variegati sono i rapporti all'interno delle famiglie. Di certo, ci sono eventi o aspetti che minano anche i più forti legami, ben oltre il buon senso comune.

Molti altri sono i simboli (concreti e astratti: forme, colori, etc.) sparsi qua e là nella storia, ma esula da questa breve introduzione la loro analisi pur importante, e se ne lascia la ricerca e meditazione alla discrezione del Lettore.

Il finale della favola è forse molto più tradizionale e/o convenzionale (in fondo è pur sempre una favola), ma allo stesso tempo resta volutamente aperto, per non "congelare" la storia in un finale scontato e banale.

Il legame tra Nero e Principessa non viene per scelta definito, ma solo accennato astrattamente: nella favola, come nella vita, può essere ammirazione, gratitudine, o anche un sentimento più complesso. Ciò che conta, però, è il risultato, in altre parole il ritorno alla libertà di scelta, all'ordine e agli affetti veri e sinceri: il sorriso della futura sovrana è la massima espressione della libertà e degli affetti che lo determinano.

In conclusione, la nuova realtà con fatica raggiunta è in divenire, una nuova sfida: anche nella vita, nulla è eterno e/o acquisito per sempre, ma tutto è in continua evoluzione. Perché i risultati ottenuti o perseguiti si realizzino, durino e/o si consolidino, dipende dalle scelte di ognuno, uomo o donna che sia. Esisterà sempre un nuovo "stagno incantato" pronto ad ammaliare e intrappolare chi non tragga lezione dal proprio passato o dall'altrui esperienza.

SOMMARIO

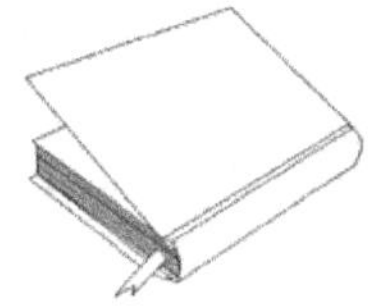

NOTE BIOGRAFICHE

 Damiano Martorelli nasce a Feltre (BL) nel 1972, ma vive e studia sin dall'infanzia nelle due Province Autonome di Trento e Bolzano.

Due lauree con Lode, in Ingegneria ed in Lettere (indirizzo Archeologico), dopo aver ricoperto vari ruoli direzionali in diverse Aziende, è ora titolare di un proprio Studio di Consulenza e si occupa, attualmente, di consulenza organizzativa in ambito Aziendale, e di Project & Process Management in diversi ambiti sia industriali, sia bancario/finanziari. Ha inoltre una specializzazione e certificazione internazionale in ambito di gestione e consulenza finanziaria.

Nel tempo libero, oltre a svolgere volontariato come soccorritore sanitario, si dedica ai suoi interessi storici ed archeologici ed alla scrittura.

Oltre al presente racconto, ha già pubblicato in proprio le raccolte personali di poesia "Le 4 Stagioni del Cuore" e "Rosa dei Venti". Inoltre, è stato selezionato per la partecipazione con due poesie alla prima Biennale della Creatività (Verona, Febbraio 2014), è stato inserito nell'elenco degli "Eredi di Dante Alighieri" nell'omonimo concorso letterario (Firenze, Febbraio 2015; unico autore selezionato per entrambe le categorie, Prosa e Poesia) ed è stato selezionato ed edito in alcune collane antologiche di diverse case editrici.

Finito di stampare nel mese di Agosto 2015
per conto di Youcanprint *Self-Publishing*

www.ingramcontent.com/pod-product-compliance
Lightning Source LLC
LaVergne TN
LVHW010344200726
843507LV00010B/1645